Diogenes Taschenbuch 23538

de
te
be

Heinrich Heine

Sein Leben erzählt von

Otto A. Böhmer

Diogenes

Umschlagillustration:
Wilhelm Hensel, ›Heinrich Heine‹,
1829 (Ausschnitt)

Für Christel
und Mareike

www.diogenes.ch
30/06/8/2
ISBN 13: 978 3 257 23538 8
ISBN 10: 3 257 23538 0

»Wie in der weltlichen, so auch in der geistlichen Hierarchie habe ich weder Amt noch Würden errungen. Ich habe es, wie die Leute sagen, auf dieser schönen Erde zu nichts gebracht. Es ist nichts aus mir geworden, nichts als ein Dichter. Nein, ich will keiner heuchlerischen Demut mich hingebend diesen Namen geringschätzen. Man ist viel, wenn man ein Dichter ist…«

»Bescheidene Hütte, Strohdach, aber gutes Bett, gutes Essen, Milch und Butter sehr frisch, vor dem Fenster Blumen, vor der Tür einige schöne Bäume, und wenn der liebe Gott mich ganz glücklich machen will, läßt er mich die Freude erleben, daß an diesen Bäumen etwa sechs bis sieben meiner Feinde aufgehängt werden. – Mit gerührtem Herzen werde ich ihnen vor ihrem Tode alle Unbill verzeihen, die sie mir im Leben zugefügt. – Ja, man muß seinen Feinden verzeihen, aber nicht früher, bis sie gehenkt worden.«

Heinrich Heine

Inhalt

Kredit und Glaube

Der Dichter Heinrich Heine, der eigentlich Harry Heine hieß, war ein Künstler der Kritik, die er, wenn ihm danach war, spielerisch leicht in Poesie umsetzte. Dabei befeuerte ihn die Gewißheit, in einer Zeitenwende zu leben: »Um meine Wiege spielten die letzten Mondlichter des achtzehnten und das erste Morgenrot des neunzehnten Jahrhunderts.«

Heine bezog daraus nicht nur seine persönlichen Ängste, sondern auch ein sich – zumindest nach außen hin – sehr stabil gebendes Selbstbewußtsein, mit dem er, meinten seine Kritiker, gelegentlich etwas arrogant auftrat: »Ich weiß: Die Zukunft gehört mir. Selbst wenn ich heute stürbe, so bleiben doch schon vier Bände Lebensbeschreibung oder Memoiren von mir übrig, die mein Sinnen und Wollen vertreten und schon ihres historischen Stoffes wegen, der treuen Darstellung der mysteriösesten Übergangskrise, auf die Nachwelt kommen. Das neue Geschlecht wird auch die beschissenen

Windeln sehen wollen, die seine erste Hülle waren…« Wer sich mit einem solchen Selbstbewußtsein ausgestattet weiß, kann den Dingen gelassen entgegensehen. Dennoch ist aller Anfang schwer – auch für Harry Heine, der am 13. Dezember 1797 als Sohn des jüdischen Kaufmannes Samson Heine und seiner Frau Betty (geb. van Geldern) in Düsseldorf zur Welt kommt. Harry wächst mit drei Geschwistern auf, seiner Schwester Charlotte, der er, so sein Bekenntnis, »mit zärtlichen Gefühlen… zugetan war«, und seinen Brüdern Gustav und Maximilian.

Bei den Heines geht es etwas anders zu als bei anderen Leuten: Die Mutter gibt den Ton an, der Vater ist charmant, gutmütig und lebenslustig, erweist sich aber als miserabler Geschäftsmann, eine Eigenschaft, die sein ältester Sohn Harry bereitwillig übernimmt. In seinen (leider unvollendet gebliebenen) *Memoiren* beschreibt Heine die häuslichen Kräfteverhältnisse mit liebevoller Ironie: »Meine Mutter… spielte die Hauptrolle in meiner Entwicklungsgeschichte, sie machte die Programme aller meiner Studien, und schon vor meiner Geburt begannen ihre Erziehungspläne. Ich folgte gehorsam ihren ausgesprochenen Wünschen, jedoch gestehe ich, daß sie schuld war an der Unfruchtbarkeit meiner meisten Versuche und Bestrebungen in bürgerlichen Stellen, da dieselben niemals meinem Naturell entsprachen. Letzteres, weit mehr als die Weltbegebenheiten, bestimmte meine Zukunft. In uns selbst liegen die Sterne unseres Glücks ...«

Heines Mutter übernimmt nicht nur die Erziehung der Kinder, sondern auch die ihres Gatten: »Manche bedenkliche[n] Liebhabereien [konnte] meine Mutter ihm nur allmählich abgewöhnen ... Z. B. ließ er sich gern zu hohem Spiel verleiten, protegierte die dramatische Kunst oder vielmehr ihre Prinzessinnen, und gar Pferde und Hunde waren seine Passion. Bei seiner Ankunft in Düsseldorf, wo er sich aus Liebe für meine Mutter als Kaufmann etablierte, hatte er zwölf der schönsten Gäule mitgebracht. Er entäußerte sich aber derselben auf ausdrücklichen Wunsch seiner jungen Gattin, die ihm vorstellte, daß dieses vierfüßige Kapital zuviel Hafer fresse und nichts eintrage.«

Von seinem Vater bleibt Heine ein wehmütiger Frohsinn in Erinnerung, der jeden Tag begehen möchte, als könnte es der letzte sein. Das kostet Kraft, die Samson Heine nicht gerade im Übermaß hat; wenn es eng wird in seinem Leben, gibt er klein bei – Widerstand ist seine Sache nicht. Lieber ergibt er sich einer Krankheit oder hängt seinen Träumen nach – auch das hat ihm der Sohn, so als müßte sein liebevolles Gedenken praktische Konsequenzen haben, später nachgemacht. »Eine grenzenlose Lebenslust war ein Hauptzug im Charakter meines Vaters, er war genußsüchtig, frohsinnig, rosenlaunig. In seinem Gemüte war beständig Kirmes, und wenn auch manchmal die Tanzmusik nicht sehr rauschend, so wurden doch immer die Violinen gestimmt. Immer himmelblaue Heiterkeit und Fanfaren des Leichtsinns. Eine Sorglosigkeit, die des vorigen Tages vergaß und nie an den kommenden Morgen denken wollte… Er war wirklich ein großes Kind mit einer kindlichen Naivität, die bei platten Verstandesvirtuosen sehr leicht für Einfalt gelten konnte, aber manchmal durch irgendeinen tiefsinnigen Ausspruch das bedeutendste Anschauungsvermögen verriet.«

Heines Geburtsstadt Düsseldorf, die sich lange sehr schwer mit ihrem berühmten Sohn getan hat, ist damals eine Residenzstadt von 16 000 Einwohnern. Die regierenden Herzöge von Berge, zu deren Besitz Düsseldorf gehörte, regieren nicht mehr, denn nun sind die Franzosen da, die unter Napoleon zur stärksten Macht Europas aufgestiegen sind. Der Kaiser sieht sich als Vollender der Französischen Revolution, deren fortschrittlichste Gedanken er übernimmt und mit dem eigenen Herrschaftsanspruch zu verbinden weiß. Napoleon schafft die Leibeigenschaft ab und verhilft den Juden, die ansonsten überall diskriminiert worden sind und allenfalls wegen ihrer ökonomischen Tüchtigkeit verschämte Anerkennung erfahren, zur (vorübergehenden) rechtlichen Gleichstellung. Nicht nur deshalb hat sich Heine als großer Napoleon-Verehrer zu erkennen gegeben; er sieht den französischen Kaiser als politisches Ausnahmetalent, das den Fortschritt im Bewußtsein der Freiheit in Form einer großangelegten Zwangsmaßnahme über die Völker brachte.

In *Ideen. Das Buch Le Grand*, einem seiner schönsten Prosatexte, erzählt Heine von seiner Kindheit im französisch besetzten Düsseldorf, die er, das ist das gute Recht des Dichters, nach bestem Wissen und Gewissen verklärt. Was gewesen ist, läßt sich nur über die Erinnerung namhaft machen; ihr kann man nie ganz trauen, aber sie ist unverzichtbar und behält das letzte Wort. Die Zeit, von der Heine berichtet, ist ihm denn auch als wundersam verbrämtes Spektakel im Gedächtnis geblieben; sie paßt, wie es scheint, zum Gemütszustand seines Vaters, der am liebsten »jeden Tag Kirmes« gehabt hätte.

»Damals hatten nämlich die Franzosen alle Grenzen verrückt, alle Tage wurden die Länder neu illuminiert, die jetzt blau gewesen, wurden plötzlich grün, manche wurden sogar blutrot ..., die alten Könige bekamen neue Uniformen, neue Königtümer wurden gebacken und hatten Absatz wie frische Semmeln, manche Potentaten hingegen wurden von Haus und Hof gejagt ...« Die Franzosen brachten, zu Heines anhaltendem Vergnügen, frischen Wind in die Politik, die zuvor kaum mehr war als eine geschlossene Veranstaltung zum Zwecke des Machterhalts und der Besitzstandswahrung. In der Zeit vor Napoleon jedoch ging es noch fast gemütlich zu: »Damals waren die Fürsten noch keine geplagten Leute wie jetzt, und die Krone war ihnen am Kopfe festgewachsen, und des Nachts zogen sie noch eine Schlafmütze darüber, und schliefen ruhig, und ruhig zu ihren Füßen schliefen die Völker, und wenn diese des Morgens erwachten, so sagten sie: ›Guten Morgen, Vater!‹ – und jene antworteten: ›Guten Morgen, liebe Kinder!‹ – Aber es wurde plötzlich anders; als wir eines Morgens zu Düsseldorf erwachten und ›Guten Morgen, Vater!‹ sagen wollten, da war der Vater abgereist, und in der ganzen Stadt war nichts als dumpfe Beklemmung, es war überall eine Art Begräbnisstimmung, und die Leute schlichen schweigend nach dem Markte und lasen den langen papiernen Anschlag auf der Tür des Rathauses.«

Dort, am Rathaus, können die Leute lesen, daß

ihr bisheriger Regent abgereist ist; immerhin ist er noch so höflich und läßt für »die bewährte Untertanentreue danken«. Heine erinnert sich, daß ihn als Kind diese etwas merkwürdige Form des Abschiednehmens traurig gemacht hat, zumal ein alter Soldat neben ihm steht, der Mühe hat, seine Tränen zurückzuhalten. Dann aber kommt ein neuer, ein *ganz* neuer Morgen: »Als ich erwachte, schien die Sonne wieder wie gewöhnlich durch das Fenster, auf der Straße ging die Trommel, und als ich in unsre Wohnstube trat und meinem Vater, der im weißen Pudermantel saß, einen guten Morgen bot, hörte ich, wie der leichtfüßige Friseur ihm während des Frisierens haarklein erzählte, daß heute auf dem Rathaus dem neuen Großherzog Joachim gehuldigt werde ..., und ich eilte nach dem Marktplatz. Da sah es jetzt ganz anders aus, es war, als ob die Welt neu angestrichen worden, ein neues Wappen hing am Rathause, das Eisengeländer an dessen Balkon war mit gestrickten Sammetdecken überhängt, französische Grenadiere standen Schildwache, die alten Herren Ratsherren hatten neue Gesichter angezogen und trugen ihre Sonntagsröcke, und sahen sich an auf französisch und sprachen bon jour, aus allen Fenstern guckten Damen, neugierige Bürgersleute, und blanke Soldaten füllten den Platz, und ich nebst anderen Knaben, wir kletterten auf das große Kurfürstenpferd und schauten davon herab in das bunte Marktgewimmel.«

1804 kommt Heine in die Schule. Dort geht es streng zu, der Rohrstock dient als pädagogische Waffe, und man unterrichtet nach dem Grundsatz: Wer nicht hören will, muß fühlen. Heine denkt an seine ersten Schuljahre, die er, als einziger Junge unter lauter Mädchen, wie ein Hahn im Korb verbringt, mit gemischen Gefühlen zurück; in einem nachgelassenen Gedicht heißt es: »Ich war das einzge kleine Bübchen / In jenem Vogelkäfigstübchen, / Ein Dutzend Mädchen allerliebst / Wie Vöglein haben dort gepiepst, / Gezwitschert und getiriliert, / Auch ganz erbärmlich buchstabiert. / Frau Hindermann im Lehnstuhl saß, / Die Brille auf der langen Nas / (Ein Eulenschnabel wars vielmehr) / Das Köpflein wackelnd hin und her, / Und in der Hand die Birkenrut, / Womit sie schlug die kleine Brut, / Das weinend kleine arme Ding, / Das harmlos einen Fehl beging – / Das Röcklein wurde aufgehoben / Nach hinten, und die kleinen Globen, / Die dort sich wölben, rührend schön, / Manchmal wie Rosen anzusehn, / Manchmal wie Lilien, wie die gelben / Violen manchmal, ach! dieselben / Sie wurden von der alten Frau / Geschlagen, bis sie braun und blau! / Mißhandelt und beschimpft zu werden, / Das ist des Schönen Los auf

Erden.« Daß Heine seine erste Lehrerin, die gestrenge Frau Hindermann, nicht sonderlich gemocht hat, wird auch von seiner Tante Charlotte bestätigt: »Seinen... Unterricht im Lesen genoß er in einer Mädchenschule, von einer 50jährigen Jungfrau, wo er im Alter von 4 Jahren hingeschickt wurde. Das Lesen lernte er schnell, aber das Stillsitzen wollte ihm nicht behagen, und wurde deshalb oft bestraft, er bekam einen Haß gegen diese alte Dame, und wo er eine kleine Neckerei gegen sie ausüben konnte, war er auf seinem Platze. So erinnerte er sich, als sie einen Topf Milch neben dem Tisch stehen hatte, er Tinte hineingoß, zwischen ihren Schnupftabak Sand mischte, und ihr geradeaus sagte: ich mag dich nicht leiden...«

1807 kommt Heine aufs Lyzeum, ein Gymnasium mit solidem Ruf. Anfangs ist er ein guter Schüler, dann lassen seine Leistungen nach. Er pflegt, wie alle Schüler bis auf den heutigen Tag, seine Vorlieben und Abneigungen. Mit dem Fach Deutsch hat er keine Mühe, wohl aber mit Latein und Griechisch: »Was... das Lateinische betrifft, so haben Sie gar keine Idee davon, Madame, wie das verwickelt ist. Den Römern würde gewiß nicht Zeit genug übrig geblieben sein, die Welt zu erobern, wenn sie das Latein erst hätten lernen sollen. Diese glücklichen Leute wußten schon in der Wiege, welche Nomina den Akkusativ auf *im* haben. Ich hingegen mußte sie im Schweiße meines Angesichts auswendig lernen, aber es ist doch immer gut, daß ich sie weiß ... Vom Griechischen« aber »will ich gar nicht sprechen; ich ärgere mich sonst zu viel. Die Mönche im Mittelalter hatten so ganz Unrecht nicht, wenn sie behaupteten, daß das Griechische eine Erfindung des Teufels sei. Gott kennt die Leiden, die ich dabei ausgestanden ...«

Mit dem Französischen tut sich Heine leichter, was auch daran liegt, daß er einen temperamentvollen Lehrer hat, der manchmal unfreiwillig komisch wirkt: »Am allerbesten ... erging es mir in der französischen Klasse des Abbé d'Aulnoi, eines emigrierten Franzosen, der eine Menge Grammatiken geschrieben und eine rote Perücke trug und gar pfiffig umhersprang, wenn er seine Art poétique und seine Histoire allemande vortrug. Er war im ganzen Gymnasium der einzige, welcher deutsche Geschichte lehrte. Indessen auch das Französische hat seine Schwierigkeiten, und zur Erlernung desselben gehört viel Einquartierung, viel Getrommel ... Da gab es manches saure Wort, ich erinnere mich noch so gut, als wäre es erst gestern geschehen, daß ich durch la religion viel Unannehmlichkeiten erfahren. Wohl sechsmal erging an mich die Frage: ›Henri, wie heißt dein Glaube auf französisch?‹ Und sechsmal, und immer weinerlicher antwortete ich: ›Das heißt le crédit.‹ Und beim siebenten Male, kirschbraun im Gesicht, rief der wütende Examinator: ›Es heißt la religion! – und es regnete Prügel, und alle Kameraden lachten. Madame! Seit der Zeit kann ich das Wort Religion nicht erwähnen hören, ohne daß mein Rücken blaß vor Schrecken und meine Wange rot vor Scham wird. Und ehrlich gestanden, le crédit hat mir im Leben mehr genützt als la religion …«

Heines Kameraden lachen öfter über ihn, als ihm lieb ist. Das hat, meint er, auch mit seinem Vornamen zu tun und erzählt dazu die passende Geschichte: »In meiner Vaterstadt wohnte ein Mann, welcher der Dreckmichel hieß, weil er jeden Morgen mit einem Karren, woran ein Esel gespannt war, die Straßen der Stadt durchzog und vor jedem Hause still hielt, um den Kehricht, welchen die Mädchen in zierlichen Haufen zusammengekehrt, aufzuladen und aus der Stadt nach dem Mistfelde zu transportieren. Der Mann sah aus wie sein Gewerbe, und der Esel, welcher seinerseits wie sein Herr aussah, hielt still vor den Häusern oder setzte sich in Trab, je nachdem die Modulation war, womit der Michel ihm das Wort *Haarüh!* zurief. War solches sein wirklicher Name oder nur ein Stichwort? Ich weiß nicht, doch so viel ist gewiß, daß ich durch die Ähnlichkeit jenes Wortes mit meinem Namen Harry außerordentlich viel Leid von Schulkameraden und Nachbarskindern auszustehen hatte. Um mich zu nergeln, sprachen sie ihn ganz so aus, wie der Dreckmichel seinen Esel rief…« Harrüh! möchte Harry Heine nicht gerufen werden, aber seine Versuche, sich zur Wehr zu setzen, sind wenig erfolgreich. Die Spötter sind überall, und seine Eltern können nicht helfen: »Als ich mich bei meiner Mutter beklagte, meinte sie, ich solle nur suchen, viel zu lernen und gescheit zu werden, und man werde mich dann nie mit einem Esel verwechseln. Aber meine Homonymität mit dem schäbigen Langohr blieb mein Alp. Die großen Buben gingen vorüber und grüßten: Haarüh!, die kleineren riefen mir denselben Gruß, aber in einiger Entfernung. In der Schule ward das Thema mit raffinierter Grausamkeit ausgebeutet; wenn nur irgend von einem Esel die Rede war, schielte man nach mir, der ich immer errötete…«

Wer sich, wie Heine, als Poet und Übertreibungskünstler an eine Vergangenheit erinnert, die weit zurückliegt und dennoch ihre nacherzählbaren Spuren hinterlassen hat, haust sich in eine anheimelnd künstliche Welt ein, die es so vermutlich nie gab. Gerade deshalb gewinnt sie ihr Eigengewicht und wird zur zweiten Heimat. Heines Kindheit, von ihm selbst mit feiner Ironie nachgezeichnet, ist denn auch keineswegs so deprimierend gewesen, wie er sie, mit Blick auf die Hänseleien seiner Mitschüler, darzustellen beliebte. Zumal er größer wurde und sich zu wehren wußte. Spätestens nachdem der Esel Haarüh! an Altersschwäche einging, hatte Heine wieder seine Ruh', die allerdings schon bald auf andere, ihm wesentlich angenehmere Weise aufgestört wurde. Der Knabe Harry erlebt mit sechzehn seine erste große Liebe, die sich als unvergeßlich erweist – eine ideale Voraussetzung, um sie auch literarisch zu würdigen und nachzupolieren. Josefa, genannt »Sefchen«, heißt das rothaarige Mädchen, in das sich Heine verguckt, und daß sie die Tochter eines Scharfrichters ist, macht die Liebe nur noch spannender. Außerdem ist sie, auf ihre Art, so merkwürdig schön, daß einer wie Heine sogleich zu träumen anfangen muß: »Ihre großen tiefdunklen Augen sahen aus, als hätten sie ein Rätsel aufgegeben und warteten ruhig auf die Lösung, während der Mund mit den schmalen hochaufgeschürzten Lippen und den kreideweißen, etwas länglichen Zähnen zu sagen schien: du bist zu dumm und wirst vergebens raten. Ihr Haar war rot, ganz blutrot, und hing in langen Locken bis über ihre Schultern hinab, so daß sie dasselbe unter dem Kinn zusammenbinden konnte. Das gab ihr das Aussehen, als habe man ihr den Hals abgeschnitten, und in roten Strömen quölle daraus das Blut...«

1814 verläßt Heine ohne Schulabschluß das Düsseldorfer Lyzeum und geht auf eine private Handelsschule. Schweren Herzens hat er sich entschlossen, dem Wunsch der Eltern zu folgen, die aus ihm, der Familientradition gemäß, einen Kaufmann machen wollen. In Heines 1854 geschriebenen *Geständnissen*, die leider ebenso unvollständig geblieben sind wie seine *Memoiren*, heißt es dazu: »Meine Mutter behauptete, es habe jetzt die Stunde geschlagen, wo ein bedeutender Kopf im merkantilischen Fach das Ungeheuerlichste erreichen und sich zum höchsten Gipfel der weltlichen Macht emporschwingen könne... Sie beschloß daher..., daß ich eine Geldmacht werden sollte.«

Ein bedeutender Kopf ist Heine bereits, aber er wird deswegen noch lange nicht zu einer Geldmacht. Dazu fehlt ihm die Veranlagung und, mehr noch, jegliche Lust. Er hat zwar gerne genug Geld, um es auch gleich wieder auszugeben, aber die berechnende Kunst, Geld zu verdienen und es so für sich arbeiten zu lassen, daß es sich wie von selbst vermehrt, ist ihm fremd. Im Herbst 1815 wird Harry Heine nach Frankfurt am Main geschickt, wo er erst eine Kaufmannslehre beginnt, um danach ein

Volontariat bei einer Bank anzutreten. Sonderlich geschickt zeigt er sich dabei nicht; für seine Eltern wird Harry allmählich zum Sorgenkind. Was Heine interessiert, ist nicht das Geschäftemachen, sondern die düstere, immer ein wenig konspirative Atmosphäre, in der das Geschäftemachen stattfindet. Heines damals schon berühmter, im Frankfurter Judengetto geborener Schriftstellerkollege Ludwig Börne, mit dem er später eine Zeitlang befreundet ist, bis sich die beiden überwerfen und in eine folgenschwere Privatfehde geraten, wovon noch zu sprechen sein wird, hat das Milieu beschrieben, von dem der Kommerz seinen Ausgang nimmt: »Über uns ist nicht mehr Himmel, als die Sonne bedarf, um ihre Scheibe daran auszubreiten; man sieht keinen Himmel, man sieht nichts als Sonne. Ein übler Geruch steigt überall herauf, und das Tuch, das uns vor Verpestung sichert, dient auch dazu, eine Träne des Mitleids aufzufangen oder ein Lächeln der Schadenfreude zu verbergen dem Blicke der lauernden Juden. Mühsam durch den Kot watend dient der verzögerte Gang dazu, unserer Beschauung die nötige Muße zu verschaffen. Scheu und behutsam wird der Fuß aufgesetzt, damit er keine Kinder zertrete. Diese schwimmen in der Gosse herum, sie kreuzen im Kot umher, unzählig wie ein Gewürm von der Sonne Kraft dem

Mist ausgebrütet … Fürchtet ihr, die turmhohen Häuser möchten einstürzen über uns? O fürchtet nichts! Sie sind wohl befestigt, die Käfige der beschnittenen Vögel, gestützt auf den Grund der ewigen Bosheit, gut gemauert von den emsigen Händen der Habsucht…«

Im November 1815 kehrt Heine nach Düsseldorf zurück. Eigentlich müßte er betrübt darüber sein, daß er als Kaufmannslehrling und Bankvolontär gescheitert ist, aber davon kann keine Rede sein. Er ist erleichtert, fürchtet jedoch zu Recht, daß die Versuche, ihn in den Kaufmannsstand zu befördern, noch nicht ausgestanden sind. Nun nimmt nämlich sein schwerreicher Onkel Salomon die Dinge in die Hand. Er beordert seinen Neffen nach Hamburg, wo er sich erneut einer Banklehre unterziehen muß. Salomon Heine ist, anders als sein Bruder Samson, dessen Geschäfte immer schlechter laufen, der geborene Erfolgsmensch – was er anfaßt, gelingt. Für Literatur und schöne Künste interessiert er sich nicht; dennoch tritt er als Mäzen auf und entwickelt einen wohlbedachten Hang zur Wohltätigkeit, der ihm die Anerkennung der konservativen Hamburger Bürgerschaft einbringt. Seinem Neffen Harry gegenüber zeigt er sich jedoch nicht so freigebig, wie der es sich erhofft hat. »Er tat weniger für mich, als ein fremder

Gönner getan hätte«, notiert Heine später, der da schon ein berühmter Schriftsteller ist; seinen Onkel vermag er damit nicht zu beeindrucken: »Hätt er was gelernt, so braucht er nicht schreiben Bücher!« ist Salomon Heines Überzeugung. Zwischen ihm und seinem Neffen besteht eine innige, von widerstreitenden Gefühlen bestimmte Beziehung, die sich in zahllosen Auseinandersetzungen ums »liebe Geld« entlädt, letztlich aber immer wieder zu bewegenden Versöhnungs- und Wiederannäherungsszenen führt. Mit dem Abstand der Jahre hat Heine seinen Onkel, über den er zuvor manch unfreundliches Bonmot in die Welt setzte, differenzierter gesehen: »Wir leben zwar in beständigen Differenzen, aber ich liebe ihn außerordentlich, fast mehr, als ich selbst weiß. Wir haben auch in Wesen und Charakter viel Ähnlichkeit. Dieselbe störrische Keckheit, bodenlose Gemütsweichheit und unberechenbare Verrücktheit – nur daß Fortuna ihn zum Millionär und mich zum Gegenteil, d. h. zum Dichter, gemacht, und uns dadurch äußerlich in Gesinnung und Lebensweise höchst verschieden ausgebildet hat.«

Mit seinem Vermögen ist Heines Onkel Salomon überaus geschickt umgegangen, ohne daß er dabei knickrig gewesen wäre – auch wenn sein Neffe das anders sieht. Als Salomon Heine im Jahre 1844 stirbt, hinterläßt er (auf heutige Verhältnisse umgerechnet) ein Vermögen von über 100 Millionen Euro. Daß ein solches Erbe Erbstreitigkeiten hervorrufen muß, versteht sich fast von selbst – auch davon wird noch zu reden sein.

Zu Lebzeiten unterstützt Salomon Heine seinen Neffen Harry recht großzügig, auch wenn der gerne mehr gesehen hätte und wenig erfreut darüber ist, daß der Onkel die Finanzierung an gewisse Bedingungen knüpft. Bis zuletzt hofft Salomon Heine, aus Harry vielleicht doch noch einen halbwegs soliden Kaufmann machen zu können. In Hamburg richtet er ihm ein eigenes Geschäft ein, das als »Harry Heine & Co« firmiert und eine Filiale von Samson Heines Düsseldorfer Mode- und Tuchwarenhandlung ist, der es von Jahr zu Jahr schlechter geht. Die Hamburger Dependance wirtschaftet nicht besser; nach nur zehn Monaten erklärt Salomon Heine den Versuch für beendet und läßt Harrys Laden zumachen. Der ist darüber keineswegs unglücklich, denn er kann sich nun noch intensiver seinem Hobby, dem Dichten, widmen, von dem er sich inzwischen bereits vorzustellen vermag, daß er es eines Tages sogar zum Beruf machen könnte. Harry Heine hat unter Pseudonym erste Gedichte veröffentlicht, die gefällig sind, aber noch keinen besonderen Genius verraten. Da er

Zeit genug hat und das Dichten keine abendfüllende Angelegenheit ist, nimmt er gern am gesellschaftlichen Leben teil oder beobachtet die Leute. Was er dabei sieht, beschreibt er so: »Für Leser, denen die Stadt Hamburg nicht bekannt ist – und es gibt deren vielleicht in China und Oberbayern – für diese muß ich bemerken: daß der schönste Spaziergang der Söhne und Töchter Hammonias den rechtmäßigen Namen Jungfernsteg führt; daß er aus einer Lindenallee besteht, die auf der einen Seite von einer Reihe Häuser, auf der anderen Seite von dem großen Alsterbassin begrenzt wird; und daß vor letzterem, ins Wasser hineingebaut, zwei zeltartige lustige Kaffeehauslein stehen, die man Pavillons nennt. Besonders vor dem einen, dem sogenannten Schweizerpavillon, läßt sich gut sitzen, wenn es Sommer ist und die Nachmittagssonne nicht zu wild glüht, sondern nur heiter lächelt und mit ihrem Glanze die Linden, die Häuser, die Menschen, die Alster und die Schwäne, die sich darauf wiegen, fast märchenhaft lieblich übergießt. Da läßt es sich gut sitzen, und da saß ich gut, gar manchen Sommernachmittag, und dachte, was ein junger Mensch zu denken pflegt, nämlich gar nichts, und betrachtete, was ein junger Mensch zu betrachten pflegt, nämlich die jungen Mädchen, die vorübergingen...«

Zu Hamburg, von dem er sagt, daß es »am Tage eine Rechenstube«, »in der Nacht« aber »ein großes Bordell« sei, und das er später zur »Wiege« seiner »Leiden« erklären wird, unterhält Heine damals noch gemäßigt freundschaftliche Beziehungen. Sein Lob der Stadt fällt allerdings, bei genauerem Hinhören, schon etwas zwiespältig aus:

»Die Stadt Hamburg ist eine gute Stadt; lauter solide Häuser. Hier herrscht nicht der schändliche Macbeth, sondern hier herrscht Banko. Der Geist Bankos herrscht überall in diesem kleinen Freistaate, dessen sichtbares Oberhaupt ein hoch- und wohlweiser Senat. In der Tat, es ist ein Freistaat, und hier findet man die größte politische Freiheit. Die Bürger können hier tun, was sie wollen, und der hoch- und wohlweise Senat kann ebenfalls tun, was er will; jeder ist hier freier Herr seiner Handlungen... Hamburg ist die beste Republik. Seine Sitten sind englisch und sein Essen ist himmlisch. Wahrlich, es gibt Gerichte zwischen den Wandrahmen und dem Dreckwall, wovon unsere Philosophen keine Ahnung haben. Die Hamburger sind gute Leute und essen gut. Über Religion, Politik und Wissenschaft sind ihre respektiven Meinungen sehr verschieden, aber in betreff des Essens herrscht das schönste Einverständnis. Mögen die christlichen Theologen dort noch so sehr streiten über die Bedeutung des Abendmahls; über die Bedeutung des Mittagsmahls sind sie ganz einig...«

Heines nachlassende Begeisterung für die Hansestadt hat auch damit zu tun, daß er sich im gesellschaftlichen Leben, letztlich, nicht recht angenommen fühlt. Mit Wohlgefallen registriert er zunächst die Aufmerksamkeit, die er als Salomon Heines Neffe findet, bis er merkt, daß man sich weniger für ihn als für den Dunstkreis der Geschäftstüchtigkeit interessiert, dem er zugerechnet wird. In einem Brief an seinen Freund Christian Sethe schreibt er:

»Der Neffe vom großen (???) Heine ist zwar überall gern gesehen und empfangen; schöne Mädchen schielen nach ihm hin, und die Busentücher steigen höher; und die Mütter kalkulieren, aber – aber – bleibt allein. Niemand bleibt mir übrig als ich selbst.« Das klingt ein bißchen wehleidig, ist aber zu entschuldigen, denn Harry Heine hat sich unglücklich in seine Cousine Amalie, zweitjüngste von vier Töchtern seines Onkels, verliebt. Amalie ist hübsch, etwas pummelig und hat, wie er schreibt, »zwei große wohlbekannte blaue Augen«, die er »zwar sehr lieb« hat, von denen er aber, zu Recht, befürchtet, »daß sie nur zu kalt sind«. Das lyrische Werben, das Heine um Amalie betreibt, ist aufwendig, er versucht, ihr mit Versen eine Liebe nahezubringen, von der sie nichts wissen will.

Schließlich muß er feststellen, daß seine poetischen und rhetorischen Einsatzmittel keinen Ertrag bringen; in der Liebe wie im Geschäftsleben, so scheint es, bleibt er erfolglos. Dennoch ist die Krisenstimmung, in der er sich befindet, nicht so ausgeprägt, daß er nicht noch Zeit fände, seine Belesenheit unter Beweis zu stellen – er bezieht Trost bei Goethe. An seinen Freund Sethe schreibt er: »Das ist auch eine herzkränkende Sache, daß *sie* meine schönen Lieder, die ich nur für sie gedichtet habe, so bitter und schnöde gedemütigt und mir überhaupt in dieser Hinsicht sehr häßlich mitgespielt hat. – Aber solltest Du es wohl glauben, die Muse ist mir demohngachtet jetzt noch weit lieber als je. Sie ist mir eine getreue tröstende Freundin geworden, die ist so heimlich süß, und ich liebe sie recht inniglich. Wie tief treffen mich jetzt die Verse Goethes im *Tasso*: Alles ist dahin! Nur eines bleibt: / Die Träne hat uns die Natur verliehen, / Der Schrei des Schmerzes, wenn der Mann zuletzt / Es nicht mehr trägt – Und mir noch über alles – / Sie ließ im Schmerz mir Melodie und Rede, / Die tiefste Fülle meiner Not zu klagen: / Und wenn der Mensch in seiner Qual verstummt, / Gab mir ein Gott zu sagen, wie ich leide.«

Daß Amalie nichts von ihm wissen will und mit seinen Gefühlen allenfalls spielt, macht Heine nur anfänglich zu schaffen. Schon bald entdeckt er, was unzählige Dichter vor ihm entdeckt hatten: Nur eine enttäuschte Liebe läßt sich literarisch verarbeiten; das Glück genügt sich selbst und bedarf keiner Worte. Heine hat diese Einsicht in der Folge poetisch genutzt und vielfach variiert; wer seine Liebesgedichte verfolgt, von denen er nicht gerade wenige schrieb, könnte meinen, daß er darin eine Ästhetik des Unglücklichseins verborgen hält, auf die auch ein Glückskind im Bedarfsfall wieder zurückgreifen muß.

Heines Liebe, die nicht so erwidert wird, wie er es gerne hätte, befördert seine dichterische Produktivität in ungeahnter Weise; insofern kann er von Glück reden, daß er unglücklich und nicht glücklich verliebt ist. Zudem hat er Muße genug; im Geschäft läßt er sich kaum blicken, so daß er nicht nur die Stückzahl seiner Gedichte erhöht, sondern auch erste, tiefer gehende Überlegungen anstellt, wie es denn um die Qualitätsmaßstäbe bestellt sein mag, denen er folgt. Dabei gelingt ihm eine schöne Formulierung:

»Ich dichte viel, denn ich habe Zeit genug, und die ungeheuren Handelsspekulationen machen mir nicht viel zu schaffen: – Ob meine jetzigen Poesien besser sind als die früheren, weiß ich nicht, nur das ist gewiß: daß sie viel sanfter sind; wie in Honig getauchter Schmerz.« Wehmütiger Wohlklang wird in der Folgezeit zu einem Markenzeichen der Heineschen Lyrik, die sich um kein Reinheitsgebot schert, sondern – nicht nur in Sachen Schmerz – mit bewußt eingesetzten Geschmacksverstärkern arbeitet. Heine wäre jedoch nicht Heine, wenn er nicht auch anders könnte. Mindestens so gut wie den sanften Tonfall beherrscht er die Kunst, ironische und boshafte Kommentare abzusetzen. Als ihm die Affektiertheit der Hamburger Bürgercliquen zunehmend auf die Nerven geht, verfällt er ins Nörgeln:

»Mein Oheim lebt auf dem Lande. Dort geht es sehr geziert und geschwänzelt zu ... Diplomatisches Federvieh, Millionäre, hochweise Senatoren etc. sind keine Leut für mich«, notiert er mit Blick auf die Gästeliste von Onkel Salomon, der in seiner Villa in Hamburg-Ottensen des öfteren zum Empfang bittet. Dieser Villa hat Heine später, aus unfreundlicher Erinnerung heraus, einen unfreundlichen Namen gegeben: »Affrontenburg« heißt sie in einem seiner nachgelassenen Gedichte und steht dort für die gesammelten Hamburger Demütigungen, die einem jungen Mann namens Harry Heine zuteil wurden: »*Affrontenburg*. – Die Zeit verfließt, jedoch das Schloß, / Das alte Schloß mit Turm und Zinne / Und seinem blöden Menschenvolk, / Es kommt mir nimmer aus dem Sinne. / Vermaledeiter Garten! Ach, / Da gab es nirgends eine Stätte, / Wo nicht mein Herz gekränket ward, / Wo nicht mein Aug geweinet hätte. / – Da gabs wahrhaftig keinen Baum, / Worunter nicht Beleidigungen / Mir zugefüget worden sind. / Von feinen und von groben Zungen. / – Die Kröte, die im Gras gelauscht, / Hat alles mitgeteilt der Ratte, / Die ihrer Muhme Viper gleich / Erzählt, was sie vernommen hatte. / – Die hats gesagt dem Schwager Frosch – / Und solcherweis erfahren konnte / Die ganze schmutzge Sippschaft stracks / Die mir erwiesenen Affronte…«

Inzwischen sind Samson Heines Geschäfte längst keine Geschäfte mehr, sondern bringen nur noch Verluste. Salomon Heine, der unangefochtene Erfolgsmensch der Familie, muß gegensteuern, er will seinen Bruder zur Aufgabe bewegen. Als der sich weigert, droht er, ihn entmündigen zu lassen. Samson Heine ist über seinem geschäftlichen Scheitern krank geworden; er hat seltsame epileptische Anfälle und zeigt Anzeichen geistiger Verwirrung. Schließlich gibt er auf und zieht mit seiner Familie nach Hamburg; kommerziell wie gesundheitlich ist er zum Pflegefall geworden.

Im Juni 1819 kehrt Harry Heine nach Düsseldorf zurück. Er möchte studieren, nachdem ihm

Onkel Salomon zugesagt hat, ihn finanziell zu unterstützen. Seine Wahl fällt auf die Universität Bonn, die nicht weit entfernt ist und einen vergleichsweise guten Ruf besitzt. Da Heine jedoch keinen ordnungsgemäßen Schulabschluß vorweisen kann, muß er sich einer Aufnahmeprüfung unterziehen, die er gerade mal so eben besteht. Man erkennt seinen guten Willen, bescheinigt ihm aber ansonsten: »Griechisch hat er nicht gelernt. Im Lateinischen ist er von unsicherer Kenntnis und zu geringer Übung, weshalb er auch keinen Aufsatz geliefert hat. Zu einer Prüfung in der Mathematik hat er sich nicht verstanden. In der Geschichte ist er nicht ohne alle Kenntnisse.« Das klingt nicht gerade begeistert, aber Heine kann damit leben. Er sieht hoffnungsvoll in die Zukunft und ist froh darüber, daß er als Geschäftsmann ein, wie er findet, durchaus stilvolles Scheitern hingelegt hat – »die merkantilische Seifenblase ist geplatzt«, notiert er zufrieden. Alles, was jetzt noch kommt, erklärt er sich zur willkommenen Zugabe – es kann nur besser werden.

Wie ein Fisch auf dem Lande

Im Wintersemester 1819/20 immatrikuliert sich Harry Heine an der Universität Bonn. Er wird Jurisprudenz studieren – nicht etwa, weil ihm das Fach besonders am Herzen läge, sondern weil es, damals wie heute, als das Studium gilt, von dem aus man am ehesten in den Staatsdienst oder in eine Verwaltung gelangt. Außerdem hat Onkel Salomon darauf bestanden, daß sein Neffe zeitbewußt und mit konkretem Ziel studiert; seinen literarischen Liebhabereien soll er, wenn überhaupt, nur nebenbei frönen. Heine zeigt sich anfangs auch durchaus als braver Student. Er ist fleißig, liest viel, allerdings mehr Romane als juristische Fachbücher. Schon bald jedoch erlahmt sein Eifer; das Jurastudium wird ihm regelrecht verhaßt: »O heiliger Justineam, erbarme Dich meiner!« seufzt er. »So mancher Schöps hat dich kapiert, und ich muß verzagen! O all ihr römischen Imperatoren, erbarmt Euch meiner! O Gajus, Paulus, Papinianus, Ihr verfluchten Heiden, Ihr müßt in der Hölle dafür brennen, daß ihr das Jus so weitläufig gemacht.« Nicht nur der öde juristische Stoff macht ihm zu schaffen, sondern auch seine eigenen tiefgehenden Zweifel. Inzwischen meint Heine nämlich erkannt zu haben, daß die führenden Theoretiker der Jurisprudenz allesamt spitzfindige und gutbesoldete Anwälte der bestehenden Ordnung sind. Sie »martern ihr Gehirn ab, um jeden Despotismus, und sei er noch so albern und tölpelhaft, als vernünftig und rechtsgültig zu verteidigen«, notiert er und nimmt damit ein Fazit vorweg, das im späteren Rückblick so ausfällt: »Von den sieben Jahren, die ich auf deutschen Universitäten zubrachte, vergeudete ich drei schöne blühende Lebensjahre durch das Studium der römischen Kasuistik, der Jurisprudenz, dieser illiberalsten Wissenschaft.«

Daß die Jurisprudenz eher an einer von oben abgesegneten Freiheit des Rechts hängt, als das Recht der Freiheit zu proklamieren, ist offensichtlich; allerdings befindet sie sich damit in bester Gesellschaft, denn das politische Gesamtklima in deutschen Landen ist gereizt. Nach dem mühevollen Sieg über Frankreich herrscht ein diffuser Nationalismus vor, der sich schließlich in einem folgenschweren Gewaltakt entlädt: Als der Burschenschaftler Karl Ludwig Sand den russischen Gesandten August von Kotzebue ermordet, der im

Nebenberuf als Bühnenautor erfolgreich gewesen war, werden die Behörden zu »Demagogenverfolgungen« angehalten. Die »Karlsbader Beschlüsse« von 1819 sehen weitreichende Zensurmaßnahmen vor: So müssen etwa Bücher, die weniger als zwanzig Druckbogen (320 Seiten) umfassen, in vorauseilendem Gehorsam einem Zensor vorgelegt werden. Auch Heine, der sich anfangs noch von der patriotischen Begeisterung anstecken läßt, gerät mit den Behörden in Konflikt. Er wird festgenommen, stellt sich jedoch beim Verhör auf so listige Weise dumm, daß man ihn gleich wieder entlassen muß. Schon bald jedoch will Heine von dem um sich greifenden Nationalismus nichts mehr wissen. Daß der Patriotismus der Deutschen meist nur zu Deutschtümelei führt, während die Franzosen aus ihrem Nationalstolz ein erhebendes Gefühl machen, beschreibt er so: »Der Patriotismus des Franzosen besteht darin, daß sein Herz erwärmt wird, durch diese Wärme sich ausdehnt, sich erweitert, daß es nicht mehr bloß die nächsten Angehörigen, sondern ganz Frankreich, das ganze Land der Zivilisation, mit seiner Liebe umfaßt; der Patriotismus des Deutschen hingegen besteht darin, daß sein Herz enger wird, daß es sich zusammenzieht wie Leder in der Kälte, daß er das Fremdländische haßt, daß er nicht mehr Weltbürger, nicht mehr

Europäer, sondern nur ein enger Deutscher sein will.«

Das studentische Leben, sofern es nicht burschenschaftlich dominiert wird oder sich an nationalpolitischen Bestrebungen verhakt, ist durchaus nach Heines Geschmack. Er gibt sich gern fröhlich, hat aber auch damals schon seine schwermütigen Seiten, die im Kreise trinkfester Kommilitonen indes nicht weiter auffallen. An den jeweiligen Zustand seiner inneren Befindlichkeit läßt er nicht gerne rühren; lieber hält er sich bedeckt, setzt seinen Witz ein, um für Ablenkung von einem heiklen Thema zu sorgen. Wie es zugegangen sein mag in munterer Runde, hat Heine in einem Gedicht beschrieben, das *Die Nacht auf dem Drachenfels* betitelt ist: »Um Mitternacht war schon die Burg erstiegen, / Der Holzstoß flammte auf am Fuß der Mauern, / Und wie die Burschen lustig niederkauern, / Erscholl das Lied von Deutschlands heilgen Siegen. / – Wir tranken Deutschlands Wohl aus Rheinweinkrügen, / Wir sahn den Burggeist auf dem Turme lauern, / Viel dunkle Ritterscharen uns umschauern, / Viel Nebelfraun bei uns vorüberfliegen. / – Und aus den Trümmern steigt ein tiefes Ächzen, / Es klirrt und rasselt, und die Eulen krächzen; / Dazwischen heult des Nordsturms Wutgebrause. – / – Sieh nun, mein Freund, so eine

Nacht durchwacht ich / Auf hohem Drachenfels, doch leider bracht ich / Den Schnupfen und den Husten mit nach Hause.«

Mehr als mit Rechtswissenschaft beschäftigt sich Heine mit Literatur, in der die deutsche Romantik, die sich in einer ihrer unergiebigen Varianten als Pendant zum deutschen Nationalismus präsentiert, den Ton angibt. Dieser Ton klingt schon etwas hohl, findet Heine, der für die Romantik Sympathien hegt, ihr aber einen kritischen Neubeginn verordnen will. Vor allem den Hang zum Spintisieren und zu diffuser Vergangenheitsverklärung möchte er der deutschen Romantik austreiben und erklärt: »Die deutsche Muse soll wieder ein freies, blühendes, unaffektiertes ehrlich deutsches Mädchen sein, und kein schmachtendes Nönnchen, und kein ahnenstolzes Ritterfräulein...«

Mit respektvollem Spott bedenkt Heine August Wilhelm Schlegel, der als Professor in Bonn seine Vorlesungen förmlich zelebriert und einer der wichtigsten Meinungsführer der Romantik ist: »Noch heute fühle ich den heiligen Schauer, der durch meine Seele zog, wenn ich vor seinem Katheder stand und ihn sprechen hörte. Ich trug damals einen Flauschrock, eine rote Mütze, lange blonde Haare und keine Handschuhe. Herr A.W. Schlegel trug aber Glacéhandschuhe und war noch ganz nach der neuesten Pariser Mode gekleidet; er war noch ganz parfümiert von guter Gesellschaft...; neben ihm stand sein Bedienter in der freiherrlichst Schlegelschen Hauslivree und putzte die Wachslichter, die auf silbernen Armleuchtern brannten, und nebst einem Glase Zuckerwasser vor dem Wundermanne auf dem Katheder standen... Dieser Glanz blendete uns junge Leute nicht wenig, und mich besonders...« Schlegel, ein hochbegabter Übersetzer und Literaturwissenschaftler, aber nicht ganz so begabter Autor, ist generös genug, dem jungen Heine einige Tips in Sachen Dichtkunst zu geben, die dieser dankbar entgegennimmt. Seine Bonner Gedichte, darunter die bekannten Balladen *Belsazar* und *Die Grenadiere*, sind denn auch bereits deutlich formbewußter als frühere Arbeiten.

Zum Wintersemester 1820 wechselt Heine, der sich intensiv auf sein juristisches Examen vorbereiten will, wofür er weniger Ablenkungen braucht, als sie ihm Bonn bietet, an die Universität Göttingen, die an sich einen guten Ruf hat, von Heine aber nur als öder Zweckbetrieb wahrgenommen wird. Von Anfang an stimmt es nicht zwischen ihm und Göttingen, das damals an die zehntausend Einwohner hat, von denen knapp zweitausend Studenten sind, die das Stadtbild und öffentliche Leben prägen. In seinem Prosastück *Die Harzreise* (1825) hat Heine Göttingen ein Denkmal errichtet, an dem so viele Kratzer sind, daß den soliden Göttinger Würdenträgern die Zornesröte ins Gesicht steigt: »Ich erinnere mich, als ich vor fünf Jahren dort immatrikuliert... wurde, hatte sie [Göttingen] schon dasselbe graue, altkluge Ansehen, und war schon vollständig eingerichtet mit Schnurren, Pudeln, Dissertationen, Teedansants, Wäscherinnen, Kompendien, Taubenbraten, Guelfenorden, Promotionskutschen, Pfeifenköpfen, Hofräten, Justizräten, Relegationsräten, Profaxen und anderen Faxen. Einige behaupten sogar, die Stadt sei zur Zeit der Völkerwanderung erbaut worden, jeder deutsche Stamm habe damals ein ungebundenes Exemplar seiner Mitglieder darin zurückgelassen, und davon stammen all die Vandalen, Friesen, Schwaben, Teutonen, Sachsen, Thüringer usw., die noch heut zu Tage in Göttingen hordenweis, und geschieden durch Farben der Mützen und Pfeifenquäste, über die Weerdenstraße einherziehen... Im allgemeinen werden die Bewohner Göttingens eingeteilt in Studenten, Professoren, Philister und Vieh, welche vier Stände doch nichts weniger als streng geschieden sind. Der Viehstand ist der bedeutendste... Die Zahl der Göttinger Philister muß sehr groß sein, wie Sand, oder besser gesagt, wie Kot am Meer; wahrlich, wenn ich sie des Morgens, mit ihren schmutzigen Gesichtern und weißen Rechnungen, vor den Pforten des akademischen Gerichts aufgepflanzt sah, so mochte ich kaum begreifen, wie Gott nur so viel Lumpenpack erschaffen konnte.«

Spätestens nach diesen Worten war klar, daß Heine und die Göttinger keine Freunde mehr werden konnten. Immerhin nutzt er seine Zeit in einer von Grund auf ungeliebten Stadt, um sich auch literarisch weiterhin im Gespräch zu halten. Er bringt einige Gedichte in Literaturzeitschriften unter, was er zufrieden zur Kenntnis nimmt, aber auch gleich wieder zu relativieren weiß: »Die Zeitschriften sind … nur die Pißecken der Literatur, aber alle Annoncen sind dort angeschlagen.«

Als wenn er sich nicht schon genug über Göttingen geärgert hätte, bekommt Heine auch noch Ärger mit einer Studentenverbindung, die ihm offiziell »unkeuschen Lebenswandel« vorwirft – was ein schlechter Witz ist, denn unkeuscher Lebenswandel gilt in Verbindungskreisen nicht als Ausnahme, sondern als Regel –, in Wahrheit aber wohl mit Bestrebungen zusammenhängt, jüdische Mitglieder loswerden zu wollen. Im Zusammenhang mit dem Streit, der sich daraus ergibt, fordert Heine einen Kommilitonen zum Duell heraus, das jedoch von den Universitätsbehörden unterbunden wird. Er erhält ein einsemestriges Studienverbot, was ihn nicht sonderlich traurig stimmt. Er fährt zu seiner Familie nach Hamburg, die sich über die gegen ihn verhängte Strafe weniger schockiert zeigt als befürchtet. Sogar Onkel Salomon gibt sich gemäßigt: Er macht seinem Neffen Vorwürfe, läßt es aber auch damit gut sein und erklärt sich bereit, das Studium weiter zu finanzieren. Erschrocken ist Heine indes über den Zustand seiner Angehörigen: »Mein Vater leidet noch immer an seiner Gemütskrankheit, meine Mutter laboriert an Migräne, meine Schwester hat den Catarrh, und meine beiden Brüder machen schlechte Verse. Dieses letztere zerreißt mir das Herz.«

Im Frühjahr 1821 immatrikuliert sich Heine an der Universität Berlin. Onkel Salomon hofft, daß sein Neffe in der preußischen Hauptstadt sein Studium preußisch-pflichtbewußt zu Ende bringt, aber der denkt gar nicht daran. Zum erstenmal ist er in einer richtigen Großstadt: Berlin hat damals mehr als 200 000 Einwohner und unterläuft die offizielle, auf Ordnung und Meinungseinfalt bedachte Politik durch ein fast munter zu nennendes Gesellschafts- und Kulturleben. Auch die Universität hat einen guten Ruf und manche Berühmtheit in ihren Reihen, allen voran der Philosoph Georg

Wilhelm Friedrich Hegel, der, obwohl schwäbisch und auch sonst nicht sehr verständlich sprechend, grundsätzlich vor vollen Hörsälen liest und mit seiner Philosophie nichts Geringeres beansprucht, als den »Weltgeist« beim Wort genommen und das bisherige abendländische Denken zur Vollendung gebracht zu haben. Heine hört Hegels *Vorlesungen zur Geschichte der Philosophie* und ist beeindruckt. Weniger beeindruckt zeigt er sich vom sonstigen Lehrbetrieb; er geht lieber ins Theater, besucht Konzerte oder läßt sich in den literarischen Salons blicken, die der eigentliche Ort kulturkritischer Meinungsbildung sind. Der bekannteste Salon wird von Rahel und Karl August von Varnhagen geführt, die das literarische Talent Heines erkennen, ihn fördern und auch nicht mit gelegentlicher Kritik sparen, die Heine, der ansonsten empfindlich und nicht sehr kritikempfänglich ist, sogar annimmt. Varnhagen entdeckt auch als einer der ersten die andere Seite von Heines Talent, seinen hochfahrenden Übermut, der mit dem Bewußtsein einhergeht, in der Sprache, ohne Ansehen des Inhalts, fast alles zu können und zu dürfen. Er ermahnt ihn zu mehr Ernsthaftigkeit; ein wenig preußisches Pflichtbewußtsein, meint er, kann auch einem Dichter nicht schaden: »Er muß sich tüchtig zusammennehmen, und sich im Leben jedes

Schwindeln und Nebeln ernstlich untersagen, sonst läuft er Gefahr, in hohlen Eitelkeiten und Täuschungen zusammenzubrechen. Ich hab' es ihm … selbst gesagt, und wenn er deshalb etwas böse ist, so schadet es nicht.« In Rahel Varnhagen erkennt Heine eine Seelenverwandte – ein Gefühl, das auf Gegenseitigkeit beruht und von Rahel in einem schönen Satz festgehalten wird: Was Heine schreibt, sei »der Text aus meinem alten beleidigten Herzen«, sagt sie und fügt hinzu: »Sind sich doch unsre Gedanken ähnlich wie ein Stern dem andern – besonders meine ich hier die Sterne, die so recht viele Millionen Meilen weit von der Erde entfernt sind.«

Im Dezember 1821 erscheint, auch dank Vermittlung der Varnhagens, Heines erster Gedichtband, simpel *Gedichte* genannt. Er verkauft sich schlecht, wird aber häufig besprochen. Die Rezensionen sind überwiegend unfreundlich und geben einen Tonfall vor, den die Literaturkritik, bis auf weiteres, beibehält: »In den Gedichten Herrn Heines finden wir … ein feindliches Prinzip, eine schneidende Dissonanz, einen wilden Zerstörungsgeist, der alle Blumen aus dem Leben herauswühlt … Wir sehen hier: edle Schönheit, die verzerrt wird durch ein kaltes Hohnlächeln.« Mag diese Kritik auch überzogen sein, so ist sie doch nicht ganz falsch: Heine nämlich hat Spaß daran, die bestehenden literarischen Übereinkünfte aufzukündigen; er spricht sich gegen die von ihm so genannte »Convenienzpoesie« aus und erklärt mit selbstbewußtem Understatement, daß er eigentlich nicht mehr schreiben wolle als »kleine, maliziös-sentimentale Lieder«. Eines dieser maliziös-sentimentalen Lieder erzählt von der Liebe, die viele Gesichter hat, und geht so: »Sie saßen und tranken am Teetisch, / Und sprachen von Liebe viel. / Die Herren die waren ästhetisch, / Die Damen von zartem Gefühl. / – Die Liebe muß sein platonisch, / Der dürre Hofrat sprach. / Die Hofrätin lächelte ironisch, / Und dennoch seufzet sie: Ach! / – Der Domherr öffnet den Mund weit: / Die Liebe sei nicht zu roh, / Sie schadet sonst der Gesundheit. / Das Fräulein lispelt: Wieso? / – Die Gräfin spricht wehmütig: / Die Liebe ist eine Passion! / Und präsentieret gütig / Die Tasse dem Herr Baron. / – Am Tische war noch ein Plätzchen; / Mein Liebchen, da hast du gefehlt. / Du hättest so hübsch, mein Schätzchen, / Von deiner Liebe erzählt.«

Da Heine mit seinem Studium, nach wie vor, nicht recht ausgelastet ist, betätigt er sich auch als Journalist. Für den *Rheinisch-Westfälischen Anzeiger*, der in Hamm erscheint, schreibt er *Briefe aus Berlin*, die bereits den Tonfall haben, den man an

Heine bis auf den heutigen Tag schätzt: Seine Prosa ist witzig und genau bis zur Beiläufigkeit, sie macht das Schwere denkwürdig leicht und kommt der Wahrheit mit den tauglichen Mitteln der Ironie näher. Dazu paßt, daß er erklärtermaßen »alles mögliche« sein will, nur nicht »systematisch«: »Verlangen Sie von mir keine Systematie, das ist der Würgeengel aller Korrespondenz. Ich spreche heute von den Redouten und den Kirchen, morgen von Savigny und den Possenreißern, übermorgen von der Giustianischen Galerie, und dann wieder von Savigny und den Possenreißern. Assoziation der Ideen soll immer vorwalten«, kurzum: »ich will durch die Stadt laufen, und ich bitte Sie, mir Gesellschaft zu leisten.«

In den *Briefen aus Berlin* tritt Heine als kundiger Stadtführer auf, der zwar eigentlich gar nicht so kundig ist, dies aber durch ansteckende Munterkeit und die erklärte Absicht, sich überraschen zu lassen, gekonnt überspielt. Wer Heine durch Berlin folgt, bekommt etwa folgendes zu hören:

»Aber ich sehe, Sie hören schon nicht mehr, was ich erzähle, und staunen die Linden an. Ja, das sind die berühmten Linden, wovon Sie soviel gehört haben. Mich durchschauert's, wenn ich denke: Auf dieser Stelle hat vielleicht Lessing gestanden, unter den Bäumen war der Lieblingsspaziergang so vieler großer Männer, die in Berlin gelebt; hier ging der große Fritz, hier wandelte – Er! Aber ist die Gegenwart nicht auch herrlich? Es ist just zwölf und die Spaziergangszeit der schönen Welt. Die geputzte Menge treibt sich die Linden auf und ab. Sehen Sie dort den Elegant mit zwölf bunten Westen? Hören Sie die tiefsinnigen Bemerkungen, die er seiner Donna zulispelt? Riechen Sie die köstlichen Pomaden und Essenzen, womit er parfümiert ist? Er fixiert Sie mit der Lorgnette, lächelt und kräuselt sich die Haare. Aber schauen Sie die schönen Damen! Welche Gestalten! Ich werde poetisch!« Die Ankündigung, poetisch zu werden, ist bei Heine jedoch nie ganz ernst gemeint. Poesie steht ihm zu Gebote, so oder so; wenn er sie eigens ankündigt, als wollte er eine Drohung aussprechen, kann man sicher sein, daß er in der Folge eher prosaisch wird – eine notwendige, der Ironie geschuldete Ernüchterung, die dafür sorgt, daß die zarten Blumen der Poesie nicht zu üppig gedeihen. So bleibt es ihm leider nicht erspart, daß er auf seinem zuvor noch ästhetisch makellosen Erkundungsgang unter den Linden eine offensichtliche Fehlbesetzung entdecken muß: »Nein, diese dort ist ein wandelndes Paradies, ein wandelnder Himmel, eine wandelnde Seligkeit. Und diesen Schöps mit dem Schnauzbart sieht sie so zärtlich an! Der Kerl gehört nicht zu den Leuten, die das Pulver erfunden haben, sondern zu denen, die es gebrauchen, d. h. er ist Militär.«

Heine gefällt es in Berlin; er hat Erfolg. Dennoch bleibt ihm nicht verborgen, daß das politische Leben, milde gesprochen, stagniert. Das geistige Klima ist – außerhalb der Salons, die sich, auf eigene Verantwortung, eine Art innere Narrenfreiheit geschaffen haben – von Ergebenheit und vorauseilendem Gehorsam geprägt. Die Deutschen, erkennt Heine, sind Meister der Gründlichkeit, auch und gerade in der Zensur: »Wir Deutschen sind das klügste und stärkste Volk ... Wir haben das Pulver erfunden und die Buchdruckerei; – und dennoch, wer bei uns eine Pistole losschießt, bezahlt drei Taler Strafe, und wenn wir in den *Hamburger Correspondent* setzen wollen: ›Meine liebe Gattin ist in Wochen gekommen, mit einem Töchterlein, schön wie die Freiheit!‹, dann greift [der Zensor] Herr Doktor Hoffmann zu seinem Rotstift und streicht uns ›die Freiheit‹.«

Daß die Freiheit eine andere Seite der Notwendigkeit ist, lehrt in Berlin der bereits erwähnte Philosoph Hegel, der das Kunststück fertigbringt, eine Philosophie anzubieten, aus der sich Fortschrittliche wie Konservative gleichermaßen bedienen können. Für die einen ist Hegel der preußische Staatsphilosoph schlechthin, der die bestehenden Verhältnisse rechtfertigt, weil sie zumindest in der Abstraktion, also bei eher großzügigem denn genauem Hinschauen, so vernünftig anmuten, daß man über realistische Alternativen nicht mehr groß nachdenken muß. Für die anderen, die Minderheit unter seinen Anhängern, gilt Hegel als listiger Begriffsjongleur, der die Wirklichkeit nicht wirklich bejaht, sondern mit Hilfe der Dialektik, eines altehrwürdigen Erkenntnisinstruments, das er für seine Zwecke neu justiert hat, kritisch unterläuft, um weitere Fortschritte »im Bewußtsein der Freiheit« zu erzielen. Heine rechnet sich zu den fortschrittlichen Hegelianern, er glaubt, daß Staat und Gesellschaft noch nicht an ihr »vernünftiges« Ziel gekommen sind. Auf Dauer, meint er, läßt sich freiheitliches Denken nicht zwanghaft ruhigstellen, zumal dann nicht, wenn es, wie in Frankreich geschehen, schon einmal vorgeführt bekommen hat, daß die Theorie der Freiheit nicht auf immer Theorie bleiben muß, sondern auch Praxis werden kann. Allerdings ist Heine zu sehr Künstler und Individualist, als daß er einem Geschichtsverlauf, der von eherner Notwendigkeit diktiert wird und ohne Ansehen der Person verläuft, etwas abgewinnen könnte: »Ist das Leben des Individuums nicht vielleicht ebensoviel wert wie das des ganzen Geschlechts? Denn jeder einzelne Mensch ist schon eine Welt, die mit ihm geboren wird und mit ihm stirbt; unter jedem Grabstein liegt eine Weltgeschichte.«

Der Dichter, wie Heine ihn sieht, sollte mehr zu bieten haben als Vergangenheitsverklärung oder Festschreibung der Gegenwart; sein Metier ist die noch nicht ausgedachte Zukunft, die er sich so ausschmücken darf, wie er es für richtig hält: »Ein wunderliches Sonntagskind ist der Poet; er sieht die Eichenwälder, welche noch in der Eichel schlummern, und er hält Zwiesprache mit den Geschlechtern, die noch nicht geboren sind... Friedrich Schlegel nannte den Geschichtsschreiber einen Propheten, der rückwärts schaue in die Vergangenheit; – man könnte mit größerem Fug von dem Dichter sagen, daß er ein Geschichtsschreiber sei, dessen Auge hinausblicke in die Zukunft.«

Im Frühjahr 1823 erscheint Heines zweites Buch, *Tragödien, nebst einem lyrischen Intermezzo*, dem es so ergeht wie seinem Erstling: Die Käufer üben sich in Zurückhaltung, die Rezensenten besprechen es häufig, aber meist ungnädig. Einige Monate zuvor ist Heine dem Berliner »Verein für Kultur und Wissenschaft der Juden« beigetreten, der das Ziel hat, die jüdische Identität zu stärken. Der Verein verfolgt löbliche Absichten und gibt sich Mühe, ist aber in sich zerstritten und wird nach einem Jahr folgerichtig wieder aufgelöst. Ein Edikt zur Gleichstellung der Juden, das noch unter liberaleren Vorzeichen auf den Weg gebracht wurde, ist längst wieder kassiert worden; jüdische Bürger sind von der Emanzipation weiter entfernt als zuvor. So schwungvoll Heine seine Berliner Zeit begonnen hat, so enttäuscht läßt er sie ausklingen: Zwar hat er einiges für seinen Ruf als Schriftsteller getan, aber mit seinem Studium ist er nicht vorangekommen, und die Berufsperspektiven, die sich abzeichnen, stimmen ihn alles andere als optimistisch. Im Mai 1823 verläßt er Berlin und fährt mißmutig nach Hause. Der Empfang dort muntert ihn wieder auf: Onkel Salomon zeigt sich gnädiger als erwartet, ja ist regelrecht gut gelaunt und stellt seinem Neffen in Aussicht, auch weiterhin, und sogar zu leicht erhöhten Bezügen, für sein Studium aufzukommen. Da er von wiederholten Migräneanfällen heimgesucht wird, die ihm allmählich Sorge bereiten, fährt Heine zur Erholung an die Nordsee. Eigentlich möchte er auf die Insel Helgoland, aber so weit kommt er erst gar nicht, denn er gerät in ein Abenteuer der besonderen Art. An seinen Freund Moser schreibt er: »Ich bin in diesem Augenblick wie zerschlagen, die ganze Nacht habe ich auf der Nordsee herumgeschwommen, ich wollte nach Helgoland reisen, doch in der Nähe dieser Insel mußte der Kapitän wieder umkehren, weil der Sturm gar zu entsetzlich war. Es hat ganz seine Richtigkeit mit dem, was man von der Wildheit des Meeres sagt. Es soll einer der wildesten Stürme gewesen sein; die See war eine bewegliche Berggegend, die Wasserberge zerschellten gegeneinander, die Wellen schlagen über das Schiff zusammen und schleudern es herauf und herab, Musik der Kotzenden in der Kajüte, Schreien der Matrosen, dumpfes Heulen der Winde, Brausen, Summen, Pfeifen, Mordsspektakel, der Regen gießt herab, als wenn die himmlischen Heerscharen ihre Nachttöpfe ausgössen und ich lag auf dem Verdeck und hatte nichts weniger als fromme Gedanken in der Seele.« Heine erholt sich also nicht auf Helgoland, sondern in Cuxhaven. Als er nach Hamburg zurückkehrt, ist Onkel Salomon nicht mehr ganz so gut gelaunt. Von einer Anhebung der monatlichen Bezüge möchte er nichts mehr wissen, denn er will nun endlich Gegenleistungen sehen. Sein Neffe soll in den nächsten beiden Jahren abschließen; so lange will er ihn finanzieren; danach, deutet er an, könnte es mit seiner Geduld zu Ende sein. Heine soll zurück nach Göttingen. Dort fühlt er sich bekanntermaßen nicht wohl, kann sich also ganz auf sein Studium konzentrieren und muß zudem nicht befürchten, daß er, wie in Berlin, ständig abgelenkt wird. Zähneknirschend stimmt er zu, es bleibt ihm auch gar nichts anderes übrig.

Im Januar 1824 ist Heine wieder in Göttingen, eine unerwünschte Heimkehr, die tatsächlich die gewünschte Wirkung erzielt. Er sieht sich gezwungen zu studieren, tut dies verbissen und unter Protest. An Moser schreibt er: »Ich lebe sehr still. Der Corpus Juris ist mein Kopfkissen. Dennoch treibe ich noch manches andre, z. B. Chronikenlesen und Biertrinken. Die Bibliothek und der Ratskeller ruinieren mich…« Im September 1824, als sein Studium noch immer quälend ist und er, sicher auch als Folge davon, wiederum mit anhaltenden Kopfschmerzen gestraft wird, gönnt sich Heine kurz entschlossen eine Erholungsreise. Zu Fuß durchwandert er den Harz und schreibt darüber wenig später eine der schönsten und heitersten Reisebeschreibungen der deutschen Literatur, *Die Harzreise*. Noch bevor er mit seinen Aufzeichnungen beginnt, ist er vom Gewinn, den ihm die vierwöchige Wanderung eingebracht hat, fest überzeugt: »Sie war mir sehr heilsam, und ich fühle mich… sehr gestärkt. Ich habe zu Fuß und meistens allein den ganzen Harz durchwandert, über schöne Berge, durch schöne Wälder und Täler bin ich gekommen, und habe wieder mal frei geatmet.«

So nachhaltig sind Heines Reiseeindrücke, daß er sie auf Vorrat halten will: »Wenn ich gut haushalte, kann ich mein ganzes Leben lang meine Gedichte mit Harzbäumen ausstaffieren ...«

Mit der *Harzreise*, die im ersten Band seiner *Reisebilder* erscheint (1826), sei Heine »etwas ganz Neues« gelungen, befindet später sein väterlicher Freund Varnhagen, nämlich »ein erstaunlicher Zusammenhang von reichen, treffenden Naturbildern, feinen Beobachtungen, schalkhaften, witzigen, beißenden Scherzen, persönlichen Feindseligkeiten, weichen Gefühlen, reizenden Liedern, tollen Fratzen, unglaublichen Verwegenheiten usw.« Als es Heine im Harz zwischendurch »etwas zu harzig« wird, unternimmt er Anfang Oktober einen Abstecher nach Weimar, wo der Deutschen berühmtester Dichter Goethe residiert, dem er einen Besuch abstatten möchte, an den er größere Erwartungen knüpft, als er sich eingestehen will: Keine der üblichen Audienzen soll es sein, zu denen sich Goethe, wenn ihm danach ist, herabläßt, sondern ein Gespräch unter Dichtern, in dem der Altmeister sich teilnahmsvoll nach den erstaunlichen Fortschritten eines großen Talents erkundigt. Entsprechend selbstbewußt kündigt sich Heine bei Goethe an: »Ew. Exzellenz, – bitte ich, mir das Glück zu gewähren, einige Minuten vor Ihnen zu stehen. Ich will gar nicht beschwerlich fallen, will nur Ihre Hand küssen und wieder fortgehen. Ich heiße H. Heine, bin Rheinländer, verweile seit kurzem in Göttingen, und lebte vorher einige Jahre in Berlin, wo ich mit mehreren Ihrer alten Bekannten und Verehrern (... Varnhagens etc.) umging ... Ich bin auch ein Poet und war so frei, Ihnen vor 3 Jahren meine *Gedichte* und vor anderthalb Jahren meine *Tragödien nebst einem lyrischen Intermezzo*... zuzusenden. Außerdem bin ich auch krank, machte deshalb vor 3 Wochen eine Gesundheitsreise nach dem Harze, und auf dem Brocken ergriff mich das Verlangen, zur Verehrung Goethes nach Weimar zu pilgern. Im wahren Sinne des Wortes bin ich nun hergepilgert, nämlich zu Fuße und in verwitterten Kleidern, und erwarte die Gewährung meiner Bitte, und verharre – mit Begeisterung und Ergebenheit H. Heine.«

Goethe empfängt ihn, aber er bleibt fast verletzend kühl, eine Erfahrung, die schon andere Besucher vor Heine gemacht haben. Nach wenigen Minuten darf er wieder gehen. Heines Selbstwertgefühl wird von dieser eher unerfreulichen Begegnung nicht beeinträchtigt, aber er ist doch ein wenig pikiert. Seinen Freunden gegenüber macht er zunächst nur Andeutungen, dauerhaft schweigen jedoch kann er nicht. Erst acht Monate später geht er auf seinen Besuch bei Goethe ein, sein Bericht fällt überwiegend unfreundlich aus: »Über Goethes Aussehen erschrak ich bis in tiefster Seele; das Gesicht gelb und mumienhaft, der zahnlose Mund in ängstlicher Bewegung, die ganze Gestalt ein Bild menschlicher Hinfälligkeit... Nur sein Auge war klar und glänzend. Dieses Auge ist die einzige Merkwürdigkeit, die Weimar jetzt besitzt... In vielen Zügen erkannte ich den Goethe, dem das Leben, die Verschönerung und Erhaltung desselben, so wie das eigentlich praktische überhaupt, das Höchste ist. Da fühlte ich erst ganz klar den Contrast dieser Natur mit der meinigen, welcher alles Praktische unerquicklich ist, die das Leben im Grunde geringschätzt und es trotzig hingeben möchte für die Idee... Jetzt weiß ich es auch ganz genau, warum die goethischen Schriften im Grunde meiner Seele mich immer abstießen, so sehr ich sie in poetischer Hinsicht verehrte.« Heine besaß, nachdem sich sein Ärger gelegt hatte, die Größe, von Goethes unnahbarem Gebaren nicht auf den Menschen und schon gar nicht auf den Dichter zu schließen. In kritischer Verehrung bleibt er Goethe zugetan, nennt ihn, in einer treffenden Formulierung, »ein großes Zeitablehnungsgenie«, das sich in seiner »Kunstbehaglichkeit... selbst letzter Zweck« ist. Später hat Heine in Sachen Goethe noch einmal nachgelegt; verbindlich im Ton und insofern hart in der Sache, als er die neue Generation der Schriftsteller in seine Beurteilung mit einbezieht: Goethe habe, so Heine, »mit seinem klaren Griechenauge« noch »alles« gesehen, »das Dunkle und das Helle«, ohne daß er »die Dinge« dabei »mit seiner Gemütsstimmung koloriert« hätte. Das aber können und wollen die Autoren nach ihm nicht mehr leisten: »Wir sind überall beengt, überall fremd und überall in der Fremde.« Die Wahrheit, so sie denn überhaupt noch wahr ist, kann nur noch verfremdet dargestellt werden, nicht mehr in zeitloser Harmonie von Künstler und Werk. Die Dichter nach Goethe leiden an der Welt und an sich selbst, was manchmal auf dasselbe hinausläuft: Sie sind »zerrissen« und zerstören mutwillig, was, nach Ansicht der konservativen Kritik, niemals zerstört werden darf. Heine, den sie ab einem bestimmten Zeitpunkt als den durchtriebensten und begabtesten unter den zerstörungswütigen neuen Autoren ansehen, gibt die Vorwürfe zurück – ein Autor kann immer nur so gut und wahrhaftig sein wie die Welt, aus der er berichtet: »Ach, teurer Leser, wenn du über jene Zerrissenheit klagen willst, so beklage lieber, daß die Welt selbst mitten entzwei gerissen ist. Denn da das Herz des Dichters der Mittelpunkt der Welt ist, so mußte es wohl in jetziger Zeit jämmerlich zerrissen werden. Wer von seinem Herzen rühmt, es sei ganz geblieben, der gesteht nur, daß er ein prosaisches, weitabgelegenes Winkelherz hat. Durch das meinige ging aber der große Weltriß, und eben deswegen weiß ich, daß die großen Götter mich vor vielen anderen begnadigt und des Dichtermärtyriums würdig geachtet haben.«

Endlich ist es soweit: Am 3. Mai 1825 besteht Heine das juristische Examen: Er hat freundliche Prüfer, und mehr als durchkommen will er ja ohnehin nicht. Das gilt auch für seine mündliche Abschlußprüfung zum Doktor der Rechte, die er am 20. Juli mit der Note »rite« (ausreichend) absolviert. Er ist nun promovierter Jurist und fühlt sich »wie ein Gefangener«, den man spät, aber nicht zu spät von seiner Begnadigung in Kenntnis setzt. Kurz zuvor hatte er sich noch zu einer Entscheidung durchgerungen, die schon länger in ihm gereift war: Am 28. Juni 1825 läßt sich Heine in Heiligenstadt bei Göttingen taufen und tritt zum protestantischen Glauben über. Es sind taktische Überlegungen, die ihn dazu bewegt haben, und glücklich ist er nicht mit seiner Entscheidung. Bis zuletzt hat er mit sich gekämpft, das Für und Wider erwogen, und eigentlich ist er dabei zu dem Ergebnis gekommen, daß es wohl schon ein wenig ehrenrührig sei, zum Christentum überzutreten, bloß weil er sich davon bessere Chancen verspricht, vielleicht doch noch in Amt und Würden zu kommen. An seinen Freund Moser schreibt er: »Aus meiner Denkungsart kannst Du es Dir wohl abstrahieren, daß mir die Taufe ein gleichgültiger Akt ist ... Aber dennoch halte ich es unter meiner Würde und meine Ehre befleckend, wenn ich, um ein Amt in Preußen anzunehmen, mich taufen ließe. Im lieben Preußen!!! Ich weiß wirklich nicht, wie ich mir in meiner schlechten Lage helfen soll. Ich werde noch aus Ärger katholisch und hänge mich auf.«

Heine hat denn auch seinen Übertritt zum Christentum vertraulich behandelt, er möchte nicht, daß dieser Schritt an die große Glocke gehängt wird. Er fürchtet die Kommentare, nicht zuletzt aus dem Kreis der Familie. Entsprechend vorsichtig äußert er sich auch, als er die Gründe für seinen Schritt bei der Behörde darzulegen hat. Der zuständige Beamte schreibt in seinem Bericht an die vorgesetzte Dienststelle: »Ein Israelit aus Düsseldorf gebürtig Namens Harry Heine, eines vormals handeltreibenden, jetzt in Lüneburg privatisierenden Juden Sohn, hat sich zur Taufe bei mir angemeldet. Er studiert in Göttingen die Jura und will nicht dort, wo man ihn kenne, sondern hier, wo er fremd sei, die Taufe empfangen, und zwar in aller Stille, damit seine Abstammung von jüdischen Eltern, die er schon als Knabe in den christlichen Schulen, welche er besucht, verheimlicht habe, nicht bekannt, und er, der immer für einen Christen sich ausgegeben und bisher dafür gegolten hat, nicht erst nach seinem Scheiden aus der jüdischen Gemeinde ein Jude genannt und mit dem Namen eines getauften Juden bezeichnet werde. Dringend bat er mich, sein Bekenntnis geheim zu halten, und führte als zweiten Grund an, daß er die bedeutende Unterstützung eines seiner israelitischen Verwandten verlieren würde, wenn es zur Kenntnis desselben gelangte, daß er dem Glauben seiner Väter entsagt habe.«

Heine, geborener Jude und getaufter Christ, ist weder ein überzeugter Jude noch ein überzeugter Christ gewesen, eher schon war er gläubiger Atheist. Er bekennt sich zu seiner Herkunft, sieht die »Judenfrage« aber als Menschenfrage: »Die Juden können erst dann wahrhaftig emanzipiert werden, wenn auch die Emanzipation der Christen vollständig erkämpft und sichergestellt worden« ist.

Harry Heine, der nach seiner Taufe Christian Johann Heinrich Heine heißt, hat, wie er mehrfach bekundet, grundsätzliche Verständnisschwierigkeiten den Religionen gegenüber, wobei ihm das Judentum noch am ehesten einer gewissen, auf strenge

Gottgläubigkeit fixierten Logik zu folgen scheint, während er das Christentum für mehr oder weniger abstrus hält. Der junge Heine glaubt weniger an die Religionen der Vergangenheit als an die der Zukunft, die von selbstbewußten Menschen gemacht werden, denen die Glaubenssätze ihrer Vorfahren wahrhaft seltsam vorkommen müssen: »Unsere Enkel werden ein Ammenmärchen zu vernehmen meinen, wenn man ihnen erzählt, was wir geglaubt und gelitten! Und sie werden uns sehr bemitleiden! Wenn sie einst, eine freudige Götterversammlung, in ihren Tempelpalästen sitzen, um den Altar, den sie sich selber geweiht haben, und sich von alten Menschheitsgeschichten unterhalten, die schönen Enkel, dann erzählt vielleicht einer der Greise, daß es ein Zeitalter gab, in welchem ein Toter als Gott angebetet und durch ein schauerliches Leichmahl gefeiert ward, wo man sich einbildete, das Brot, das man esse, sei sein Fleisch, und der Wein, den man trinke, sei sein Blut.«

Als er älter wird und krank ist, hat Heine die Religionsschelte zumindest ansatzweise zurückgenommen und um einen Privatglauben ergänzt, in dem sogar ein persönlicher Gott Platz findet, den sich Heine allerdings, zweckmäßigerweise, als freundlichen, ihm wohlgesinnten Herrn vorstellt. In jungen Jahren urteilt er anders und kommt zu dem vorläufig abschließenden Ergebnis: »In dunklen Zeiten wurden die Völker durch die Religion geleitet, wie in stockfinstrer Nacht ein Blinder unser bester Wegweiser« ist; er kennt dann Wege und Stege besser als ein Sehender. – »Es ist aber töricht, sobald es Tag ist, noch immer die alten Blinden als Wegweiser zu gebrauchen.«

Nach der Promotion spendiert Onkel Salomon seinem Neffen eine Reise an die Nordsee. Er fährt auf die Insel Norderney, wo es ihm ausnehmend gut gefällt und er auch sogleich wieder zu schreiben beginnt. Seine Prosa ist gewohnt spöttisch und elegant, in seinen Gedichten jedoch, die er in freie Rhythmen kleidet, läßt sich ein neuer, nachdenklich gestimmter, ja fast ein wenig schwermütiger Ton heraushören: »*Abenddämmerung*. – Am blassen Meeresstrande, / Saß ich gedankenbekümmert und einsam. / Die Sonne neigte sich tiefer, und warf / Glührote Streifen auf das Wasser, / Und die weißen, weiten Wellen, / Von der Flut gedrängt, / Schäumten und rauschten näher und näher – / Ein seltsam Geräusch, ein Flüstern und Pfeifen, / Ein Lachen und Murmeln, Seufzen und Sausen, / Dazwischen ein wiegenliedheimliches Singen – / Mir war, als hört ich verschollne Sagen, / Uralte, liebliche Märchen, / Die ich einst, als Knabe, / Von Nachbarskindern vernahm, / Wenn wir am Sommerabend, / Auf den Treppensteinen der Haustür, / Zum stillen Erzählen niederkauerten, / Mit kleinen horchenden Herzen / Und neugierklugen Augen; – / Während die großen Mädchen, / Neben duftenden Blumentöpfen, / Gegenüber am Fenster saßen, / Rosengesichter, / Lächelnd und mondbeglänzt.« Das Meer hat seinen eigenen Rhythmus, dem sich der schauende Mensch anpaßt. In Gedanken wird er ruhig, spürt ein Zeitmaß, das von weit her kommt und nicht dem gewöhnlichen Schlag der Uhren unterliegt. Das Meer ist sein Seelenverwandter, erkennt Heine: »Ich liebe das Meer wie meine Seele. Oft wird mir sogar zu Mute, als sei das Meer eigentlich meine Seele selbst… Die hohe Einfachheit der Natur, wie sie mich hier umgibt, zähmt und erhebt mich zu gleicher Zeit, und zwar in stärkerem Maße als jemals eine andre erhabene Umgebung… Das Meer ist mein wahlverwandtes Element, und schon sein Anblick ist mir heilsam… Ich bin ein Fisch mit heißem Blute und schwatzendem Maule; auf dem Lande befinde ich mich wie ein Fisch auf dem Lande.«

Heine lebt auf an der Nordsee, die »elende Plakkerei« seines Studiums versenkt er im Meer. Er nutzt die guten Stunden, solange sie gut sind, weiß er doch, daß andere Tage und Nächte kommen – und der eigentliche Ernst des Lebens erst beginnt…

Die Macht der Dinge

Gut erholt ist Heinrich Heine vom Nordseestrand zurückgekehrt; der Alltag hat ihn wieder. Der sieht nun allerdings noch prosaischer aus: Zwar muß er sich nicht mehr durchs Studium quälen, er ist ja jetzt Doktor der Rechte, aber es besteht die lästige Notwendigkeit, in einem Beruf Fuß zu fassen, darüber wacht schon die Familie, allen voran der zunehmend ungeduldiger werdende Onkel Salomon. Heine versucht zunächst das Naheliegende, er will sich in Hamburg als Rechtsanwalt niederlassen. Das schlägt fehl, aus Gründen, die nicht recht einzusehen sind, denn eigentlich hat er viele Kontakte, gibt sich Mühe und ist auch bereit, Abstriche zu machen. In einem Brief an Karl August von Varnhagen vom Frühjahr 1826 heißt es: »Es hat mir noch immer nicht gelingen wollen, mich irgendwo einzunisteln, und dieses Talent, welches Insekten und einige hiesige Doctores juris in hohem Grade besitzen, fehlt mir ganz und gar. Meinen Plan, hier zu advozieren, habe ich deshalb aufgeben müssen – aber glauben Sie nur nicht, daß ich so bald von hier weggehe; es gefällt mir hier ganz ausnehmend gut...; es frühlingt wieder in meinem Herzen, und wenn die alte Kopfkrankheit mich ganz verläßt, dürfen Sie noch recht viele gute Bücher von mir erwarten.«

Die »Kopfkrankheit« wird Heine nicht mehr verlassen, aber er kann inzwischen mit ihr umgehen – besonders dann, wenn er in seinem Metier ist und sich mit mal verspielten, mal gewagten literarischen Plänen trägt. Gleich zu Beginn des Jahres 1826 lernt er einen Mann kennen, mit dem er alsbald eine lebenslange, auch sonst fast eheähnliche Verbindung eingeht: seinen Verleger Julius Campe. Der ist in etwa so alt wie Heine, Liebhaber der jüngeren deutschen Literatur und ein taktisch versierter Querkopf, was sich mit Blick auf den heiklen, von der Zensur wachsam beäugten deutschen Literaturmarkt, der erst am Anfang einer expansiven Entwicklung steht, als Vorteil erweist. Campe begegnet Heine, der, wie die meisten Autoren – daran hat sich bis heute nichts geändert – recht kompliziert und von Eitelkeiten nicht frei ist, mit Respekt, auch mit Verehrung, sofern ihm der Sinn danach steht, aber er gibt auch Widerworte, wenn sich sein Autor, der ihn gern des Geizes und mangelnder Widerständigkeit im Kampf gegen die Unterdrükker des Worts bezichtigt, im Ton vergreift. Daß Campe womöglich selber ein guter Autor geworden wäre, geht aus einem Brief hervor, den Heine erhält, nachdem er sich zum wiederholten Male bei seinem Verleger beklagt hatte: »Wer in Deutschland hat jemals einem jungen Schriftsteller, den er selbst emporarbeitet, so honoriert als ich Sie? Wer hat jemals, wie die erste Auflage kaum gedruckt, schon die zweite Auflage bezahlt, wie ich Ihr Buch?... Habe ich nicht fast alle Bücher früher bezahlt, ehe sie in meinen Händen waren? Und was diese Honorierung selbst betrifft, so ist diese so, wie man bis dahin kein Beispiel hatte: Bin ich solcher Handlung wegen in Ihren Augen ein Knikker? Damit nicht zufrieden, finde ich in Ihrem letzten Briefe, daß Sie mir Schuld geben, ich sei Ursache, daß Sie nicht fleißiger waren! ... Beim Himmel!! Können Sie es denn nicht aufgeben, immer Vorwürfe heranzufahren?... Ich bin Kaufmann und muß vom Handel leben; aber Krämergeist und Gemeinheiten, wie Ihre jüngsten Briefe mir andichten, sind mir von jeher fremde Dinge gewesen. Nie hat mich der Reiz nach Geld irgend etwas Unwürdiges tun lassen. Glauben Sie mir, lieber Heine, hätte ich solchen Lockungen folgen wollen, ich könnte ein reicher Mann sein. Weil ich jedoch genug Kraft in mir selbst fühle, so bin ich den mühevolleren Weg gewandelt; aber diesen wahrlich nicht, um mich als Gauner hingestellt zu sehen! Ich kann und kann dergleichen nicht ertragen, wie Sie mir zumuten.«

Im Mai 1826 bringt Campe Heines Buch *Reisebilder* heraus, das ausdrücklich als *Erster Teil* angekündigt wird, was dem Leser signalisiert, daß weitere Bände folgen sollen. Heine ist nicht zufrieden mit seinem Buch, das u. a. *Die Harzreise* und *Die Nordsee* enthält; er findet es »müde, farblos« und »zahm«. Sein Verleger ist anderer Meinung: »Als fleißiger Wanderer verfolgt es sichern Trittes seinen Weg und wird sein Ziel nicht verfehlen; mögte doch der erwartete Zwillingsbruder sich nicht zu lange verspäten, damit sein Vorläufer nicht zu schweren Kampf zu bestehen habe, den er siegreich, aber lange kämpfen wird!« So sehr ist Campe vom Erfolg der *Reisebilder* überzeugt, daß er Heine einen nicht unerheblichen Vorschuß auf den zweiten Band ausbezahlt. Heine kann sich nun, versehen mit einer Auftragsarbeit und Geldmitteln, tatsächlich als »freier Schriftsteller« fühlen. Er ist darüber nicht unzufrieden, weiß aber auch, daß er mit einer festen Anstellung auf Dauer besser fährt. Ein freier Schriftsteller nämlich ist, damals wie heute, so frei nicht. Zwar hat sich der Buchmarkt zu Heines Zeiten geöffnet, ist aufnahmefähiger geworden, und seine Teilnehmer können mit einem deutlich größer gewordenen Lesepublikum rechnen, das sich nicht mehr wie früher aus einer überschaubaren Zahl Geistlicher, Adliger, Wissenschaftler und gebildeter Bürger zusammensetzt, sondern inzwischen auch immer mehr Frauen aufweist, die dabei sind, zur eigentlichen Klientel des Literaturbetriebs zu werden. Eine gedämpfte Aufbruchsstimmung hat sich unter Verlagen, Autoren und Lesern breitgemacht, die in Deutschland allerdings an ihre Grenzen stößt: Das Land ist nach wie vor zersplittert; wer es bereist, kommt durch 36 Kleinstaaten, und allerorts wacht eine fürsorgliche Zensur darüber, daß die Schriftsteller die richtigen Worte finden. Ein Schriftsteller kann damals mit einem Markt von – vorsichtig geschätzt – 100 000 möglichen Lesern rechnen, was aus heutiger Sicht nicht viel ist, für Heine jedoch eine ermutigende Perspektive bedeutet, die er wahrzunehmen gedenkt. Als sich abzeichnet, daß der erste Band der *Reisebilder* ein Erfolg wird – was seine »Privateitelkeit« durchaus erfreut, wie er notiert –, macht er sich an die Ausarbeitung des zweiten Teils, für den ihm Campe, der immer wieder nachfragt, wie es denn vorangeht, bereits wie erwähnt einen Vorschuß angewiesen hat. Heine möchte indes nichts überstürzen, zumal er sich in seiner

Eigenschaft als Reiseschriftsteller ja auch tatsächlich auf Reisen begeben und vom Schreibtisch wegbemühen muß.

Im April 1827 fährt er nach England, wo es ihm, nach anfänglicher Bewunderung für das Geschäftstreiben in London, letztlich gar nicht gefällt. Er sieht England, damals die fortgeschrittenste Nation auf dem Weg in eine umfassende Industrialisierung, vom Geld regiert, das er, in naheliegender Prophetie, den »Gott der ganzen Welt« nennt, und zwar einen »allmächtigen Gott, den auch der verstockteste Atheist keine drei Tage verleugnen könnte«. Auch sein persönliches Befinden läßt zu wünschen übrig:

»Ich friere und leide fürchterlich ... Fürchterlich kostspielig ist das hiesige Leben.« Da er noch nie sonderlich sparsam war, löst er einen Kreditbrief ein, den ihm Onkel Salomon für den Notfall (»und nur dafür«) überlassen hatte. Heine sieht diesen Notfall gegeben, obwohl er weder Hunger leiden noch unter einer Brücke schlafen muß; er möchte nur nicht auf liebgewordene Bequemlichkeiten verzichten. Sein Onkel ist empört und droht mit Einstellung aller Zahlungen; nur mühsam kommt man sich danach wieder näher.

Heine entwickelt in der Folge ein hartnäckiges, im Grunde eher kurioses denn begründetes Unbehagen an England und den Engländern, die ihm ähnlich entbehrlich vorkommen wie Göttingen und die Göttinger. So gekonnt weiß er sich in dieses Unbehagen hineinzusteigern, daß er zu wunderbar boshaften Urteilen kommt: »Es wird mir flau zumute, wenn ich bedenke, daß Shakespeare am Ende doch ein Engländer ist und dem widerwärtigsten Volke angehört, das Gott in seinem Zorn erschaffen hat. Welch ein widerwärtiges Volk, welch ein unerquickliches Land! Wie steifleinern, wie hausbacken, wie selbstsüchtig, wie eng, wie englisch! Ein Land, welches längst der Ozean verschluckt hätte, wenn er nicht befürchtete, daß es ihm Übelkeiten im Magen verursachen mochte ... Ein Volk, ein graues, gähnendes Ungeheuer, dessen Atem nichts als Stickluft und tödliche Langeweile, und das sich gewiß mit einem kolossalen Schiffstau am Ende selbst aufhängt.«

Großzügig, wie er ist, wenn er sich ärgert, schließt Heine auch gleich die Amerikaner in seine Kritik mit ein, die er »die schlimmste Sorte Engländer« nennt. Und fügt hinzu: »Die Amerikaner machen großes Wesen von ihrem Christentum und sind die eifrigsten Kirchengänger. Solche Heuchelei haben sie von den Engländern gelernt, die ihnen übrigens ihre schlechtesten Eigenschaften zurückließen. Der weltliche Nutzen ist ihre eigentliche

Religion, und das Geld ist ihr Gott, ihr einziger, allmächtiger Gott.«

Heine kehrt nach Deutschland zurück, das ihm, verglichen mit seinem neuen, bereits liebgewordenen Feindbild England, für einige Wochen fast paradiesisch vorkommt. Dann aber hat ihn der Alltag wieder: Sein Verleger Campe zahlt auch nach Erscheinen des zweiten Teils der *Reisebilder* noch immer zu wenig Geld, und die Zensoren lauern in ihren abgeschotteten Lesestuben. Im Oktober 1827 erscheint Heines Gedichtband *Das Buch der Lieder*, das zunächst nahezu unbeachtet bleibt und, so die betrübte Notiz des Verfassers, »ruhig wie ein harmloses Kauffahrteischiff ... ins Meer des Vergessens segelte«. Erst zehn Jahre später, als sich Heines Ruhm stetig gemehrt hatte und der Zeitpunkt gekommen war, daß »jeder rechtschaffene Bursch' seinen Heine haben muß«, wie Campe erfreut vermerkt, kam es zu einer zweiten Auflage, der in schneller Folge weitere folgten. *Das Buch der Lieder* wird zu einem der erfolgreichsten Lyrikbände der deutschen Literaturgeschichte, was Heine erst erfreut, dann zunehmend mißtrauisch stimmt, da er feststellen muß, daß man den Lyriker Heine, den eine zuvor chronisch übellaunige Kritik auf einmal wegen »seiner zu Herzen gehenden, volksliedhaften Verse« über den grünen Klee lobt, gegen den politischen Schriftsteller Heine, der sich in seiner Heimat anhaltend unbeliebt gemacht hatte, auszuspielen versucht. Von der neuen und ungewohnten Wertschätzung, die der Lyriker Heine erfährt, werden sogar einige seiner bisherigen Gegner erfaßt: Der prominente Publizist Friedrich von Gentz etwa, einer der führenden Köpfe des Konservatismus und einflußreicher Berater des Fürsten Metternich, gibt sich, wenngleich etwas verschämt und mit vorsichtigem Seitenblick auf einen möglichen Lauschangriff, als Verehrer des *Buchs der Lieder* zu erkennen; an Rahel von Varnhagen schreibt er: »Früher schon hatte mir jemand – ich weiß wirklich nicht mehr wer – gesagt oder geschrieben, daß Heine bei Ihnen in besonderer Gnade stehe. Ich entschloß mich daher gleich, diese Lieder zu lesen ... Mehrere mißfielen mir ... Aber eine gewisse Anzahl wirkte auf mich mit einem unbeschreiblichen Zauber; und an diesen ergötze ich mich fortdauernd. Morgens und abends sind sie meiner heutigen Gemütsstimmung dergestalt homogen, daß ich mich ganz darein vertiefen und versenken kann... Ich bewundere in diesem Augenblick den Mut, der dazu gehörte, um Ihnen eine solche Reihe gewiß höchst unerwarteter Bekenntnisse abzulegen, um Ihnen zu sagen, daß auch ich mich verjüngt fühle – daß ich liebe – daß ich eine

Tänzerin anbete – und daß ich mit Heine sympathisiere! Sie sind aber auch die einzige Person in der Welt, gegen welche ich das wagen würde; und wenn dieser Brief nicht durch einen österreichischen Kurier nach Berlin ginge, hätte ich es auch gegen Sie nicht gewagt.« Nicht nur der befremdliche Umstand, von Leuten gelobt zu werden, die er bislang zum Stand seiner Verächter rechnen mußte, gab Heine zu denken – er hatte auch Zweifel, die einem grundlegenden Problem gelten, das jeder Schriftsteller hat, der in die Jahre kommt: Er sieht sein Frühwerk mit anderen Augen, wird kritischer, als es angebracht ist, denn letztlich schreibt man, ob alt oder jung, immer nur so gut, wie man zu seiner Zeit schreiben kann. Heine ist darauf, mit mildem Spott und auch ein wenig Wehmut, in der Vorrede zur zweiten Auflage des *Buchs der Lieder* eingegangen: »Laßt mir die Tugenden der Jugend, den uneigennützigen Groll, die uneigennützige Träne! Laßt mich nicht ein alter Polterer werden, der aus Neid die jüngeren Geister ankläfft, oder ein matter Jammermensch, der über die gute alte Zeit beständig flennt... Laßt mich ein Greis werden, der die Jugend liebt, und trotz der Altersschwäche noch immer teilnimmt an ihren Spielen und Gefahren...«

Heines *Buch der Lieder* kam nicht nur bei Lesern und Kritikern gut an, sondern rief auch seine Kollegen von der Musik auf den Plan; sie nahmen sich seiner Verse an und vertonten sie geradezu unermüdlich: Bis heute hat man fast zehntausend Kompositionen nach Heine-Texten gezählt, wobei das Gedicht *Du bist wie eine Blume* mit mehr als 380 Vertonungen der Rekordhalter ist: »Du bist wie eine Blume, / So hold und schön und rein; / Ich schau dich an, und Wehmut / Schleicht mir ins Herz hinein. / – Mir ist, als ob ich die Hände / Aufs Haupt dir legen sollt, / Betend, daß Gott dich erhalte / So rein und schön und hold.«

Der Erwartung des Lesers entspricht Heines Lyrik immer nur so lange, wie es der Autor für richtig hält. Er, der ein Romantiker war, der den romantischen Dienst vorzeitig quittierte, verordnete der Poesie Verfremdung, die unaufwendig daherkommt: Erst bei genauerem Hinsehen und vor allem Hinhören erschließt sich, daß die Verse Sollbruchstellen haben, die jener »Zerrissenheit« entsprechen, die zum Kennzeichen einer neu angesetzten Moderne geworden war. »Die somnambule Periode des Liedes, der stillen Gemütsblume, hat ein Ende«, stellt Heine fest und setzt auf Witz und Ironie, die sich der gewohnten lyrischen Erwartungshaltung entziehen oder sie mit List hinterfragen. Die Welt an sich ist schön, aber sie wird komisch, wenn man dem Personal zuschaut, das sich auf ihr so wichtigtuerisch breitgemacht hat: »Sogar in das höchste Pathos der Weltgeschichte pflegen sich komische Züge einzuschleichen; der verzweifelte Republikaner, der sich wie ein Brutus das Messer ins Herz stieß, hat vielleicht zuvor daran gerochen, ob auch kein Hering damit geschnitten worden… Und im Himmel oben, im ersten Range, sitzen unterdessen die lieben Engelein und lorgnieren uns Komödianten hier unten, und der liebe Gott sitzt ernsthaft in seiner großen Loge und langweilt sich vielleicht, oder rechnet nach, daß dieses Theater sich nicht mehr lange halten kann, weil der eine zu viel Gage und der andere zu wenig bekommt, und alle viel zu schlecht spielen.« – Was Heines Gedichte auszeichnet und, weil es ja so sein soll, auch fragwürdig macht, hat sein Kollege Joseph von Eichendorff beschrieben, der vielleicht der beste, sicher aber der bescheidenste und gläubigste unter den romantischen Dichtern war: »Heinrich Heine, ursprünglich selbst noch Romantiker, macht… die Honneurs, indem er aller Poesie das Teufelchen frivoler Ironie anhängt, das jubelnd ausruft: Seht da, wie hübsch, ihr guten Leute! Aber glaubt ja nicht, daß ich selber an das Zeug glaube! Fast jedes seiner schönen Lieder schließt mit solchem Selbstmorde. Die Zeit hat allgemach den Romantikern unter die Karte geguckt und insgeheim Ekel und Langeweile vor dem hohlen Spiel überkommen. Das sprach Heine frech und witzig aus, und der Zauberbann war gelöst.«

Erfreuliche Aussichten werden Heine im Spätherbst 1827 eröffnet: Der bekannte Verleger Cotta bietet ihm eine Redakteursstelle bei einer Zeitung namens *Neue allgemeine politische Annalen* in München an. Heine ziert sich nicht lange und sagt zu. Im November zieht er nach München um. Die journalistische Tagesarbeit erweist sich jedoch als mühsam, und München, dieses »Bier-Athen«, wie er es nennt, ist ihm zu behäbig und beschaulich. Dennoch genießt er, ähnlich wie in Berlin, das gesellschaftliche Leben: »Meine Verhältnisse hier sind heiter... Ich lebe als grand Seigneur und die 5½ Menschen hier, die lesen können, lassen mich auch merken, daß sie mich hochschätzen. Wunderschöne Weiberverhältnisse... Am liebsten bin ich unter jungen Malern, die besser aussehen als ihre Bilder.«

Heines Versuch, eine Professur für Literaturgeschichte an der Universität München zu erlangen, scheitert, obwohl es anfänglich ganz gut aussieht, denn er hat in dem aus Düsseldorf stammenden Eduard von Schenk, der in München als oberster Referent für Wissenschaftsangelegenheiten tätig ist und 1828 sogar zum bayerischen Innenminister berufen wird, einen einflußreichen Fürsprecher. In der Befürwortung, die Schenk seinem König Ludwig I. vorlegt, heißt es: »Ich nehme mir die ehrerbietigste Freiheit, unter den vielen Ministerialanträgen, welche Euerer Majestät in diesen... Tagen vorgelegt wurden,... vorzüglich... zu allergnädigster Berücksichtigung untertänigst zu empfehlen..., das Anstellungsgesuch des Dr. Heinrich Heine als außerordentlichen Professor an der hiesigen Universität... In den Schriften des letzteren waltet ein wahrer Genius; sie haben das größte Aufsehen in ganz Deutschland erregt; einige Auswüchse und Verirrungen finden sich in den Jugendwerken aller unserer großen Schriftsteller; mehreren wahrhaft genialen Menschen in unserm teutschen Vaterlande hat am Anfang nur eine wohltätige Fürstenhand gefehlt, die sie in Schutz und zugleich in Pflege nahm... Dr. Heine bedarf auch einer solchen Hand, und ich bin überzeugt, daß er – wenn Ew. Majestät ihn Allerhöchst Ihres Schutzes würdigen – einer unserer ausgezeichnetsten Schriftsteller werden wird.« Mit der Prognose, daß Dr. Heine »einer« der »ausgezeichnetsten Schriftsteller wird«, behält Schenk recht, auch wenn Ludwig I., der noch andere, Heine weniger gutgesinnte Einflüsterer hatte, sich nicht dazu verstand, dem Dichter die Professur zu gewähren.

Heine, der sich doch mehr Hoffnungen gemacht hatte, als er wahrhaben wollte, ist enttäuscht; sein zuvor schon gebremster journalistischer Fleiß erlahmt noch mehr, und es kommt ihm nicht ungelegen, daß die *Annalen,* denen es an Lesern und Abonnenten fehlt, im März 1828 eingestellt werden. Er kehrt nach Hamburg zurück, ist verdrießlich und matt, zumal er sich wieder auf eine Übung einzustellen hat, die ihm so lange schon als verzichtbar erscheint, nämlich Onkel Salomon um die Fortführung seiner unterstützenden Zahlungen zu bitten. Der läßt sich bitten, zögert, wie er eben gerne zögert, wenn sein Neffe ihn in Geldangelegenheiten kontaktiert, und gewährt schließlich ein weiteres Mal die Beibehaltung seiner bisherigen Gunst.

Von August bis Dezember 1828 hält sich Heine in Italien auf und folgt damit einer deutschen Reisetradition, der schon andere namhafte Autoren vor ihm, allen voran Goethe, nachgegangen waren, die ihrer Begeisterung über das »Land, wo die Zitronen blühn« in diversen italienischen Reisebeschreibungen Luft gemacht hatten. Heine nimmt die Bildungsbeflissenheit, die bei deutschen Italienreisenden auffällig wurde und zu bemerkenswertem Mitteilungsdrang führte, denn auch gleich aufs Korn, was sich als geschickter literarischer Schachzug erweist, denn er bringt damit seine eigene italienische Reisebeschreibung, die in den Prosastücken *Reise von München nach Genua* und *Die Bäder von Lucca* ihren Niederschlag findet und im dritten Band seiner *Reisebilder* erscheint, vorsorglich aus der Schußlinie: »Es gibt nichts Langweiligeres auf der Erde als die Lektüre einer italienischen Reisebeschreibung – außer etwa das Schreiben derselben –, und nur dadurch kann der Verfasser sie einigermaßen erträglich machen, daß er von Italien selbst so wenig als möglich darin redet. Trotz dem, daß ich diesen Kunstkniff vollauf anwende, kann ich Dir, lieber Leser, in den nächsten Kapiteln nicht viel Unterhaltung versprechen. Wenn Du Dich bei dem ennuyanten Zeug, das darin vorkommen wird, langweilst, so tröste Dich mit mir, der all dieses Zeug sogar schreiben mußte. Ich rate Dir, überschlage dann und wann einige Seiten, dann kömmst Du mit dem Buch schneller zu Ende – ach, ich wollt, ich könnt es eben so machen! Glaub nur nicht, ich scherze; wenn ich Dir ganz ernsthaft meine Herzensmeinung über dieses Buch gestehen soll, so rate ich Dir, es jetzt zuzuschlagen, und gar nicht weiter darin zu lesen. Ich will Dir nächstens etwas Besseres schreiben.« Mit dieser Ankündigung, die so fein übertrieben anmutet, daß sie nur kalkuliert sein kann, erreicht Heine denn auch das beabsichtigte Gegenteil dessen, was er dem Leser in wohlmeinender Tücke rät: Er macht ihn neugierig. Zudem hält er das Niveau, das mit den vorangegangenen *Reisebildern* erreicht worden, ja: Heine wird noch besser. Seine Einfahrt nach Italien zum Beispiel beschreibt er so: »Ich fuhr, in Gesellschaft von sechs Banditen, in einer schwerfälligen Carrozza, die, wegen des allzugewaltigen Staubes, von allen Seiten so sorgfältig verschlossen wurde, daß ich von der Schönheit der Gegend wenig bemerken konnte. Nur zweimal, ehe wir Brescia erreichten, lüftete mein Nachbar das Seitenleder, um hinaus zu spucken. Das eine Mal sah ich nichts als einige schwitzende Tannen, die in ihren grünen Winterröcken von der schwülen Sonnenhitze sehr zu leiden schienen; das andere Mal sah ich ein Stück von einem wunderklaren blauen See, worin die Sonne und ein magerer Grenadier sich spiegelten. Letzterer, ein österreichischer Narziß, bewunderte mit kindischer Freude, wie sein Spiegelbild ihm alles getreu nachmachte, wenn er das Gewehr präsentierte oder schulterte oder zum Schießen anlegte.«

Heine reist nicht öfter und nicht anders als die Reisenden, die sonst noch so unterwegs sind. Aber er berichtet anders von seinen Reisen, ist witziger Beobachter und nachdenklicher Chronist in einem, wobei er gar nicht umhin kann, die längst gängig gewordenen Klischees ein ums andere Mal zu unterlaufen. So macht er sich einen Spaß daraus, Goethes sattsam bekannte Italien-Verse ins Spiel zu bringen, obwohl oder gerade weil ihm nicht nach Fortsetzung einer von illustren Namen angeführten Bewunderungstour der Sinn steht: »Kennst Du das Land, wo die Zitronen blühn? / Im dunkeln Laub die Goldorangen glühn, / Ein sanfter Wind vom blauen Himmel weht, / Die Myrte still und hoch der Lorbeer steht? / Kennst Du es wohl? / Dahin! Dahin / Möcht ich mit Dir, o mein Geliebter, ziehn. / – Aber reise nur nicht im Anfang August, wo man des Tags von der Sonne gebraten, und des Nachts von den Flöhen verzehrt wird. Auch rate ich Dir, mein lieber Leser, von Verona nach Mailand nicht mit dem Postwagen zu fahren.«

Insgesamt findet Heine Italien nicht so, daß er in Jubel ausbrechen müßte, dazu ist er ohnehin zu kritisch gestimmt, aber es gefällt ihm besser als Göttingen und England. Allerdings sieht er auch ein politisch darniederliegendes Land mit leicht verwahrlost anmutenden Sitten, die einen merkwürdigen Kontrast bilden zur glänzenden, mit Kunst- und Kulturschätzen überhäuften italienischen Vergangenheit, an der sich die Bildungstouristen, damals wie heute, zu erfreuen suchen.

Am besten gefällt es Heine im italienischen Badeort Bagni di Lucca, wo er sich im Frühherbst 1828 zur Kur aufhält und »ungemein wohl« fühlt. Seine Kopfschmerzen sind wie weggeblasen, er atmet auf. Im Rückblick nennt er diese Zeit »die glänzendeste Zeit meines Lebens, eine Zeit, wo ich, berauscht vor Übermut und Liebesglück, auf den Höhen der Appeninen umherjauchzte«.

Heines Wohlbefinden läßt sich auch aus seinen Prosatexten *Die Bäder von Lucca* und *Die Stadt Lucca* herauslesen, die im Herbst 1829 geschrieben werden und ein Jahr später im dritten Band der *Reisebilder* erscheinen. Besonders *Die Bäder von Lucca* erweist sich als Text, der ungewollt Furore macht, da er eine aus heutiger Sicht befremdlich anmutende Kontroverse zwischen Heine und seinem Dichterkollegen August von Platen auslöste, die, auch weil die Argumente der Beteiligten vorwiegend unter die Gürtellinie zielten, so heftig wurde, daß schließlich fast sämtliche Literaturkritiker in Aufruhr gerieten und sich gezwungen sahen, Partei zu ergreifen – die meisten übrigens für Platen, auch das kommt uns heute merkwürdig vor. Heine hatte, so sah er es, nur geistige »Notwehr« betrieben, da Platen, in eher denunziatorischer denn dichterischer Wortwahl, aus der jüdischen Herkunft seines Kontrahenten bestimmte charakterliche Mängel ableitete (ein Argumentationsmuster übrigens, das in Deutschland Schule machte und von den Nazis dankbar aufgegriffen wurde), woraufhin Heine, keineswegs zimperlich, zurückgeschossen hatte, wohl wissend, »daß Satire durchaus persönlich sein muß«. Er nimmt Platens homosexuelle Neigungen aufs Korn und wird dabei, nach dem Geschmack der Kritikermehrheit, etwas zu deutlich. Heine indes, der durch Platens vorangegangene Angriffe verletzt ist, sieht keinen Anlaß mehr, sich an die ungeschriebenen Regeln kollegialer Umgangsformen zu halten. Er schreibt: »Wer ist denn der Graf Platen, den wir im vorigen Kapitel als Dichter und warmen Freund kennen lernten? Ach, lieber Leser, diese Frage las ich schon lange auf Deinem Gesichte, und nur zaudernd gehe ich an die Beantwortung... Andere haben besser von dem armen Grafen gesprochen und beklagten nur seine beschränkten Mittel, die ihn, bei seinem Ehrgeiz, sich wenigstens als ein Dichter auszuzeichnen, über die Gebühr zum Fleiße nötigten, und sie lobten besonders seine Zuvorkommenheit gegen Jüngere, bei denen er die Bescheidenheit selbst gewesen sei, indem er mit der liebreichsten Demut ihre Erlaubnis erbeten, dann und wann zu ihnen aufs Zimmer kommen zu dürfen.« Heine ist so geschickt, sich selbst in die ironische Beschreibung des Grafen mit einzubringen, indem er all die Klischees wiedergibt, die ihm sein Widersacher zuvor angeheftet hatte: »Noch weit schlimmer ergeht es dem ›getauften Heine‹. Ja, ja, Du irrst Dich nicht, lieber Leser, das bin Ich, den er meint, und im [Platen-Lustspiel] *König Ödipus* kannst Du lesen, wie ich ein wahrer Jude bin, wie ich, wenn ich einige Stunden Liebeslieder geschrieben, gleich darauf mich niedersetze und Dukaten beschneide, wie ich am Sabbat mit langbärtigen Mauscheln zusammenhocke und den Talmud singe, wie ich in der Osternacht einen Christen schlachte und aus Malice immer einen unglücklichen Schriftsteller dazu wähle...« – Als Heine schließlich feststellen muß, daß er trotz aller satirischen Anstrengungen in der Öffentlichkeit als böser Bube dasteht, während man den armen Platen bedauert, vergeht ihm der Spaß. Dennoch behält er *Die Bäder von Lucca* in guter Erinnerung, was auch für seine Leser gilt, denen er (unter anderem) ein literarisches Pärchen von beträchtlichem Originalitätswert präsentiert, den »Markese di Gumpelino«, einen »bürgerlichen Edelmann«, und »seinen Diener Hirsch-Hyazinth«. Einen wie Christoph Gumpel alias Gumpelino, jüdischer Bankier, der aus Karrieregründen zum Christentum übergetreten ist, kennt Heine nur zu gut, war er doch selber konvertiert und damit nicht glücklich geworden. Gumpelino kompensiert die fehlende Anerkennung durch die Macht des Geldes, die ihm, nachdem er sich einen lächerlich wertlosen Adelstitel gekauft hat und fortan als »Seine Exzellenz der Markese Christophoro di Gumpelino« firmiert, in Fleisch und Blut übergegangen ist. Sein Lächeln, so Heine, ist »wohlhabend«, sein Bauch so »gottgefällig«, daß die »demütigen Beinchen« ordentlich was zu tragen haben.

Mit mehr Sympathie wird Gumpels Diener Hirsch-Hyazinth gezeichnet, der sich erst als »ehrlicher Lotteriekollekteur, Hühneraugenschneider und Juwelentaxator« durchgeschlagen hat, ehe er sich, der mangelnden Einkünfte wegen, bei Gumpel anstellen lassen muß, dessen Gehabe er von Anfang an durchschaut. Was Heine an seinem Markese di Gumpelino vorführt, ist die Käuflichkeit aller Dinge, im besonderen der sogenannten Bildung, die sich, bestenfalls, als Halbbildung erweist: Gumpelino alias Gumpel hat sich einiges angelesen, manches aufgeschnappt, aber nichts verstanden, die ideale Voraussetzung, um sich als großmäuliger Kunst- und Kulturkenner aufzuspielen: »Was ist Geld?« fragt der gebildete Gumpelino und gibt sich selber die Antwort: »Geld ist rund und rollt weg, aber Bildung bleibt.«

Weniger verspielt und sarkastisch als *Die Bäder*

von Lucca ist Heines Prosastück *Die Stadt Lucca*, das ursprünglich als Fortsetzung der *Bäder* geplant war und im vierten Band der *Reisebilder* (1831) erschien. Heine tritt hier als zorniger Religionskritiker auf, der einige Mühe hat, sich, unter Beibehaltung des bewährten ironischen Tons, zur Mäßigung anzuhalten. Daß Deutschland nach wie vor rückschrittlich und ein politisch zersplittertes Gebilde ist, liegt seiner Meinung nach an einer »unheiligen Allianz von Thron und Altar«, die fortschrittliches Denken schon immer beargwöhnt und mit Sanktionen belegt hat. Überaus undiplomatisch äußert sich Heine, wofür die Zensoren ihn dann auch nachträglich abstrafen, in seiner speziellen Kritik des Christentums, das er für wahnwitzig und freudlos hält – eine Kritik, die der Philosoph Friedrich Nietzsche, der sich nicht nur deswegen als Heine-Verehrer zu erkennen gab, übernahm und in seine eigenen Gedankengänge integrierte. Den Auftritt des Christentums in einer zuvor fast gemütlich zu nennenden Götterwelt beschreibt Heine mit drastischen Worten: »Da plötzlich keuchte heran ein bleicher, bluttriefender Jude, mit einer Dornenkrone auf dem Haupte, und mit einem großen Holzkreuz auf der Schulter; und er warf das Kreuz auf den hohen Göttertisch, daß die goldnen Pokale zitterten und die

Götter verstummten...« Das Christentum verschafft dem Menschen ein Sündenbewußtsein, das er vorher nicht hatte, und die Götter resignieren: »Nun gab's eine traurige Zeit, und die Welt wurde grau und dunkel. Es gab keine glücklichen Götter mehr, der Olymp wurde ein Lazarett, wo geschundene, gebratene und gespießte Götter langweilig umherschlichen und ihre Wunden verbanden und triste Lieder sangen. Die Religion gewährte keine Freude mehr, sondern Trost; es war eine trübselige, blutrünstige Delinquentenreligion.«

Heines Kritik am Christentum ist grundsätzlicher Natur, führt jedoch nicht automatisch zum Atheismus, denn ungeachtet ihrer Unterschiede haben alle Religionen eine Wahrheit gemeinsam, die sich dem Verstand weniger erschließt als der Intuition und andächtiger Ahnung: »Alle Religionen sind heilig, denn bei aller Verschiedenheit der äußeren Formen hegen sie doch ein und denselben heiligen Geist. Das ist die Religion der Religionen.« Letztlich, meint Heine, kommt es in einer guten Religion weniger auf ihren Gott an, der ohnehin arg pressescheu ist und sich zugeknöpft gibt, sondern auf den Menschen, der glauben möchte: »Die Kutte macht nicht den Mönch – eben so wenig wie die Uniform eines Generaladjutanten den Helden macht. Wechseln beide ihre Kleidung, so mag mancher Mönch wie ein Held und mancher Generaladjutant wie ein Mönch aussehen, und in diesem Fall gäbe es vielleicht bessere Gebete und größere Heldentaten…«

Die Kontroverse mit Platen hat der Person Heine geschadet, nicht aber seinem Ruhm als Schriftsteller, der vorher schon beträchtlich war, danach aber noch einmal zulegte. Heine ist zur Reizfigur geworden; man mag ihn oder mag ihn nicht, ein gleichgültiges Desinteresse scheint es, zumindest von seiten der Literaturbeschauer, nicht zu geben. Entsprechend selbstbewußt tritt er auf, was nicht unbedingt dazu beiträgt, ihm Sympathiepunkte einzubringen. Zurückgekehrt aus Italien, macht er sich wieder an die Arbeit, die ihm nicht recht von der Hand gehen will, was auch mit einem Trauerfall in der Familie zu tun hat, den es zu bewältigen gilt: Am 2. Dezember 1828 stirbt Samson Heine, der in jungen Jahren ein heiterer und schöner Mensch war, dann aber das Unglück anzog und schließlich am Leben, das er so geliebt hatte, keinen Gefallen mehr fand.

Heine kommt es inzwischen so vor, als bräuchte er den Streit und die große Auseinandersetzung, um sich wieder in Stimmung zu bringen. Die neue Zeit ist ohnehin nicht mehr so zimperlich wie die alte, meint er; die Umgangsformen sind rauher geworden. So gesehen hat er eigentlich nichts anderes getan, als sich zeitgemäß zu verhalten. An Varnhagen schreibt er: »Keiner fühlt es tiefer als ich selbst, daß ich mir durch das Platensche Kapitel… geschadet« habe, »aber ich fühle zugleich, daß ich mit all meinem Talente nichts besseres hervorbringen konnte… Der Nationalservilismus und das Schlafmützentum der Deutschen wird sich bei dieser Gelegenheit am glänzendsten offenbaren… Dann wieder die Klage: ich hätte getan, was in der deutschen Literatur unerhört sei… Als ob die Zeiten noch dieselben wären! Der Schiller-Goethische-Xenienkampf war doch nur ein Kartoffelkrieg, es war die Kunstperiode, es galt der Schein des Lebens, die Kunst, nicht das Leben selbst – jetzt gilt es die höchsten Interessen selbst« wahrzunehmen, »die Revolution tritt ein in die Literatur, und der Krieg wird ernster… Ich sorgte zunächst für mich – aber die Ursachen dieser Sorge entstanden aus dem allgemeinen Zeitkampf.« Der allgemeine Zeitkampf, in den sich Heine verstrickt glaubt, wird dafür sorgen, daß sich die Freiheitsrechte des Menschen durchsetzen; weder raffinierte Überwachungssysteme, vorbeugende Zensur noch die Zuträgerdienste unzähliger Denunzianten können sie aufhalten. Eine untergründige Aufbruchstimmung ist es, die den Zeitkampf befeuert, und Heine läßt sich davon bereitwillig anstecken, er wird, gegen seine sonstige Gewohnheit, emphatisch: »Die Freiheitssonne wird die Erde glücklicher wärmen als die Aristokratie sämtlicher Sterne; emporblühen wird ein neues Geschlecht, das erzeugt worden in freier Wahlumarmung, nicht im Zwangsbette und unter der Kontrolle geistiger Zöllner; mit der freien Geburt werden auch in den Menschen freie Gedanken und Gefühle zur Welt kommen, wovon wir geborenen Knechte keine Ahnung haben...«

Im Sommer 1830 scheinen sich Heines politische Hoffnungen zu erfüllen. In Frankreich bricht die »Juli-Revolution« los, die das alte Regime innerhalb von drei Tagen kollabieren läßt. Der Freiheitsvirus greift um sich: Belgien erwirkt seine Unabhängigkeit von den Niederlanden, Italien erhebt sich gegen Österreich, in Polen gibt es Aufstände gegen die russische Oberherrschaft, und sogar in Deutschland, dem Heine, ein ums andere Mal, seine »Friedhofsruhe« vorgehalten hatte, brechen Unruhen aus. Allerdings hat der politische Umsturz, der Neuanfang unter anderen Vorzeichen, einen Feind, der auch die Liebenden ärgert, nämlich den Alltag. Was kommt, wenn Begeisterung und visionäre Entwürfe von nüchternen Zweckmäßigkeitserwägungen abgelöst werden, die sich nur noch an der Kunst des Machbaren orientieren? Heine, der es sich im Sommer 1830 auf Helgoland gutgehen läßt, ist wie elektrisiert von den Veränderungen, die sich abzeichnen, aber er weiß auch, daß das politische Tagesgeschäft deutlich freudloser ist als die Feiertagsausflüge zu den großen Menschheitsträumen. Die Opposition, die in Frankreich das alte Regime fortgejagt hat, ist in sich zerstritten und schafft es gerade mal, sich auf den kleinstmöglichen Nenner für eine zukünftige Regierungsarbeit zu verständigen, für die der »Bürgerkönig« Louis Philippe einstehen soll, der sich im August 1831 zum König aller Franzosen wählen läßt.

Heine hat unterdessen in Deutschland den üblichen Ärger auszustehen. Die Zensur läßt ihn nicht in Ruhe, ja legt sogar noch eine härtere Gangart ein: Der vierte Band seiner *Reisebilder,* den der preußische Oberzensor, mit Blick auf *Die Stadt Lucca*, als »alles übersteigend, was mir von gotteslästerlichem Frevel je vorgekommen ist« wertet, wird kurzerhand verboten. Spätestens da reicht es ihm, und er setzt einen Entschluß in die Tat um, der schon länger in ihm gereift war: Am 1. Mai 1831 siedelt Heine nach Paris über.

Er trifft seine Entscheidung weniger im Bewußtsein der Freiheit, sondern der Notwendigkeit. Hocherhobenen Hauptes beugt er sich einem Druck, dem er nicht nachgeben will; ein taktisch versierter Kämpfer weiß, wann es besser ist, zurückzuweichen, bevor man sich erneut in den Kampf begibt. Heine verlagert seinen Wohnsitz, seine Ziele jedoch bleiben gleich: »La force des choses! Die Macht der Dinge! Ich habe wahrhaftig nicht die Dinge auf die Spitze gestellt, sondern die Dinge haben mich auf die Spitze gestellt, auf die Spitze der Welt, auf Paris … auf wie lang? Es kann mir hier nicht schlechter gehen als in der Heimat, wo ich nichts als Kampf und Not habe, wo ich nicht sicher schlafen kann, wo man mir alle Lebensquellen vergiftet. Hier freilich ertrinke ich im Strudel der Begebenheiten, der Tageswellen, der brausenden Revolution …«

Versuchungen und Schmerzen

Heine kommt mit gemischten Gefühlen nach Paris. Einerseits spricht er von »trüben Ahnungen«, die ihn »beklemmen«, andererseits ist er voller Tatendrang und hegt »günstige Erwartungen«. Schon bald zeichnet sich ab, daß er sich von den trüben Ahnungen verabschieden kann – alles läuft besser als befürchtet. Das mag auch daran liegen, daß der Dichter Heine in Frankreich kein Unbekannter mehr ist; man kennt und schätzt ihn.

Schon bald steht er in Kontakt mit berühmten Dichtern, Musikern und Künstlern. Paris ist damals eine europäische Metropole, die in beeindruckender Weise expandiert; die Einwohnerzahl wächst von 800 000 im Jahre 1830 auf über 1,2 Millionen um 1850. Der bauliche Zustand der Stadt hält allerdings nicht Schritt mit dem Bevölkerungswachstum: Es gibt keine funktionierende Kanalisation und kein fließendes Wasser, die Straßen sind holprig, die Gassen düster, man spart an der öffentlichen Beleuchtung. Da es mit den hygienischen Verhältnissen trübe aussieht, besteht Seuchengefahr: 1832 wird Paris von der Cholera heimgesucht, die mehr als 18 000 Opfer fordert.

Als Heine sich eingelebt hat, und das geschieht schnell, können ihn die beengten Wohnverhältnisse, denen er ohnehin gleich zu entkommen sucht, indem er in den besseren Vierteln Quartier bezieht, kaum mehr schrecken. Was er sieht und sehen will, ist das nervöse, pulsierende Paris, wo man wohl einsam, aber nur selten allein sein kann. Kurzum, in Paris kommen nur wichtige Menschen zusammen, und Heine gehört dazu: »Paris ist nicht bloß die Hauptstadt von Frankreich, sondern der ganzen zivilisierten Welt, und ist ein Sammelplatz ihrer geistigen Notabilitäten. Versammelt ist hier alles, was groß ist durch Liebe und Haß, durch Fühlen und Denken, durch Glück oder Unglück, durch Zukunft oder Vergangenheit. Betrachtet man den Verein von berühmten und ausgezeichneten Männern, die hier zusammentreffen, so hält man Paris für ein Pantheon der Lebenden. Eine neue Kunst, eine neue Religion, ein neues Leben wird hier geschaffen, und lustig tummeln sich hier die Schöpfer einer neuen Welt. Die Gewalthaber gebärden sich kleinlich, aber das Volk ist groß und fühlt seine schauerlich erhabene Bestimmung.«

Paris wirkt eindrücklicher auf Heine, als es ihm

lieb sein kann; manchmal verliert er die ironische Contenance, auf die er so Wert legt. Später jedoch, da ist er längst zum etablierten Pariser Bürger geworden und nimmt das Pariser Leben als spritzige Gewohnheitsveranstaltung, die ihre Schattenseiten hat, schaut er wieder mit der alten Heiterkeit auf seine Anfänge in der französischen Hauptstadt zurück. In seinem Prosastück *Geständnisse*, das leider ebenso unvollendet geblieben ist wie seine *Memoiren*, beschreibt er seinen Einzug in Paris so: »Ich zog ein… durch die Triumphpforte des Boulevard Saint-Denis, die ursprünglich zu Ehren Ludwigs XIV. errichtet worden, jetzt aber zur Verherrlichung meines Einzugs in Paris diente. Wahrhaft überraschte mich die Menge von geputzten Leuten, die sehr geschmackvoll gekleidet waren wie Bilder eines Modejournals. Dann imponierte mir, daß sie alle französisch sprachen, was bei uns ein Kennzeichen der vornehmen Welt; hier ist also das ganze Volk so vornehm wie bei uns der Adel. Die Männer waren alle so höflich, und die schönen Frauen so lächelnd. Gab mir jemand unversehens einen Stoß, ohne gleich um Verzeihung zu bitten, so konnte ich darauf wetten, daß es ein Landsmann war, und wenn irgendeine Schöne etwas allzu säuerlich aussah, so hatte sie entweder Sauerkraut gegessen oder sie konnte Klopstock im Original lesen.

Ich fand alles so amüsant, und der Himmel war so blau und die Luft so liebenswürdig, so generös, und dabei flimmerten noch hie und da die Lichter der Julisonne...«

Die Franzosen sind freundlicher als die Deutschen, findet Heine, auch wenn sie es mit der Freundlichkeit gelegentlich übertreiben und dann ins Schmeichlerische verfallen, was sich aber allemal besser anhört als ungehobelte deutsche Ehrlichkeit: »Ich besuchte... die Restaurants, denen ich empfohlen war; diese Speisewirte versicherten mir, daß sie mich auch ohne Empfehlungsschreiben gut aufgenommen hätten, da ich ein so honettes und distinguiertes Äußeres besäße, das sich von selbst empfehle. Nie hat mir ein deutscher Garkoch dergleichen gesagt, wenn er auch ebenso dachte; so ein Flegel meint, er müsse uns das Angenehme verschweigen, und seine deutsche Offenheit verpflichte ihn, nur widerwärtige Dinge uns ins Gesicht zu sagen... Meine Seele, die arme Sensitive, welche die Scheu vor vaterländischer Grobheit so sehr zusammengezogen hatte, erschloß sich wieder jenen schmeichlerischen Lauten der französischen Urbanität. Gott hat uns die Zunge gegeben, damit wir unsern Mitmenschen etwas Angenehmes sagen.« Heine ist später noch öfter auf die mutmaßlichen Unterschiede im Nationalcharakter der Deutschen und Franzosen eingegangen. Die Deutschen sind, auf mal anrührende, mal ärgerliche Weise schwerfällig und tiefsinnig, während die Franzosen das Leichtfertige lieben und die unbekümmerte Tat allemal einem langen und unergiebigen Grübeln vorziehen. Das ist nicht nur der jeweiligen Mentalität geschuldet, sondern hat auch historische Ursachen: »Man vergleiche nur die Geschichte der französischen Revolution mit der Geschichte der deutschen Philosophie, und man sollte glauben, die Franzosen, denen so viele wirkliche Geschäfte oblagen, wobei sie durchaus wach bleiben mußten, hätten uns Deutsche ersucht, unterdessen für sie zu schlafen und zu träumen, und unsere deutsche Philosophie sei nichts anderes als der Traum der französischen Revolution.«

Heine hat gut zu tun in Paris. Er wird Korrespondent der Augsburger *Allgemeinen Zeitung*, damals eine der führenden Zeitungen Europas. Als Journalist ist er noch einigermaßen in Übung, hat er doch aus Berlin auf ähnliche Weise berichtet, wie er nun aus der französischen Hauptstadt zu berichten gedenkt. Die neue Aufgabe erweist sich jedoch als schwieriger, was nicht nur daran liegt, daß Paris größer ist und dort die gesellschaftlichen Probleme, die in Deutschland noch obrigkeitstauglich verdrängt werden, offen zutage treten. Erschwerend wirkt auch, daß sich die politische Zensur in Heines Heimat auf einem offensiven Rückzugsgefecht befindet. Die liberalen Ideen sind erstarkt und lassen sich nicht mehr so recht unterdrücken, was die Zensurbeamten zu ratlos-hektischer Betriebsamkeit veranlaßt: Sie schielen nun auch ins Ausland, im besonderen nach Paris, wo sich die meisten deutschen Emigranten aufhalten. Die öffentliche und halböffentliche Meinung, die sich in einer von Gedankenblitzen erhellten Grauzone zwischen Deutschland und Frankreich bildet, ist in ständiger Gärung begriffen: Man beäugt wachsam, was da ausgebrütet wird, und wartet darauf, je nach Standpunkt, daß alles ganz anders wird oder die Verhältnisse so festgezurrt bleiben, wie sie sind.

Heine hat sich inzwischen, wie andere seiner Kollegen auch, an die Zensur gewöhnt; dem Verleger Cotta, der (unter anderem) auch Eigentümer der Augsburger *Allgemeinen Zeitung* ist, schreibt er: »Ich bitte, Herr Baron, sorgen Sie, daß an meinen Artikeln wenig verändert wird; sie kommen ja doch schon censirt aus meinem Kopfe.«

Heines Artikel in der Augsburger *Allgemeinen* werden in ein Buch aufgenommen, das den eingängigen Titel *Französische Zustände* erhielt und 1833 bei Hoffmann & Campe erschien. In der Vorrede zu diesem Buch zeigt er sich wiederum wenig kompromißbereit; deutlich und mit spürbarem Vergnügen spricht er sich gegen seinen Lieblingswidersacher aus, den bornierten, mittelmäßigen Adel, der seine Stellungskämpfe schon deswegen verlieren muß, weil er den intellektuellen Anforderungen der neuen Zeit nicht mal ansatzweise genügt: »Armes, unglückliches Vaterland! ... Nie ist ein Volk von seinen Machthabern grausamer verhöhnt worden ... Eine Handvoll Junker, die nichts gelernt haben als ein bißchen Roßtäuscherei, Volteschlagen, Becherspiel oder sonstige plumpe Schelmenkünste, womit man höchstens nur Bauern auf Jahrmärkten übertölpeln kann: diese wähnen damit ein ganzes Volk betören zu können, und zwar ein Volk, welches das Pulver erfunden hat und die Buchdruckerei und die *Kritik der reinen Vernunft*. Diese unverdiente Beleidigung, daß ihr uns für noch dümmer gehalten als ihr selber seid, und euch einbildet uns täuschen zu können, das ist die schlimmere Beleidigung, die ihr uns zugefügt in Gegenwart der umstehenden Völker.« Für diese Beleidigung, und nicht nur dafür, werden die Machthaber eines Tages bezahlen müssen, und es sind dann, möglicherweise, ihre eigenen Kreaturen, die ihnen die Rechnung präsentieren: »Verlaßt Euch ... nicht auf Ohnmacht und Furcht von unserer Seite. Der verhüllte Mann der Zeit, der ebenso kühnen Herzens wie kundiger Zunge ist, und der das große Beschwörungswort weiß und es auch auszusprechen vermag, er steht vielleicht schon in Eurer Nähe. Vielleicht ist er in knechtischer Livree oder gar in Harlekinstracht vermummt, und Ihr ahnet nicht, daß es Euer Verderber ist, welcher Euch untertänig die Stiefel auszieht oder durch seine Schnurren Euer Zwerchfell erschüttert. Graut Euch nicht manchmal, wenn Euch die servilen Gestalten mit fast ironischer Demut umwedeln, und Euch plötzlich in den Sinn kommt: Das ist vielleicht eine List, dieser Elende, der sich so blödsinnig absolutistisch, so viehisch gehorsam gebärdet, der ist vielleicht ein geheimer Brutus? Habt Ihr nicht nachts zuweilen Träume, die Euch vor den kleinsten, windigsten Würmern warnen, die Ihr des Tags zufällig kriechen gesehen? Ängstigt Euch nicht! Ich scherze nur, Ihr seid ganz sicher. Unsere dummen Teufel von Servilen verstellen sich durchaus nicht … Seid auch außer Sorge in betreff der kleinen Narren, die Euch zuweilen mit bedenklichen Späßen umgaukeln. Der große Narr schützt Euch vor den kleinen. Der große Narr ist ein sehr großer Narr, riesengroß, und er nennt sich deutsches Volk.«

Heine fühlt sich wohl in Paris, aber er wird nicht seßhaft. Was seine Wohnverhältnisse angeht, so hält er es kaum länger als zwei Jahre an einem

Ort aus. Mehr als sechzehnmal ist er in Paris umgezogen, was weniger an seinen hohen Ansprüchen liegt als an nüchternen Überlegungen, die sich auf das Preis-Leistungs-Verhältnis einer Wohnung beziehen und ein Grundbedürfnis Heines berücksichtigen: Er braucht Ruhe zum Arbeiten, bevorzugt demnach eher preiswerte Hinterhofwohnungen, die vom Straßenlärm abgewandt sind. Auf Komfort oder gar Luxus legt der Mieter Heine, der ansonsten einen gehobenen Lebensstil pflegt und sich nur ungern einschränkt, keinen Wert; eine Wohnung ist für ihn zum Wohnen da, nicht zum Vorzeigen für staunende Besucher. August Lewald erinnert sich: »Seine Liebe für Ruhe und Stille in seiner Umgebung hat mich... oft seinetwegen in Sorgen gesetzt. In Paris wählt er lange, bis er eine Wohnung findet, die ihn in der bezeichneten Hinsicht zufriedenstellt. Die einsamsten, entlegensten Straßen sind ihm die liebsten; und nun wählt er wieder einen einsamen, stillen Hof, oft den zweiten, dritten, wenn es sein kann, weit weg vom Geräusch und Treiben des Lebens: kein Stall, kein Waschhaus, kein Handwerker darf in der Nähe sein. Dann erst fühlt er sich wohl. Nun weiß man aber, daß solche Quartiere in Paris eben nicht zu den sichersten gehören, bei der Unzahl von Verbrechen, die man dort täglich verübt. – Kurz vorher, ehe ich Paris verließ, bezog Heine eine neue Wohnung… die er von einer alten Dame gemietet hatte; sie lag im zweiten Hofe eines geräumigen Hotels, in welchem Gras wuchs und eine Totenstille lagerte. Hier installierte sich Heine und machte sich's im eigentlichen Sinne des Wortes bequem…«

Hat sich Heine erst einmal an eine Wohnung gewöhnt und stellt sie ihn, den Lärmempfindlichen, zufrieden, was sich immer als ein vorübergehender Zustand erweist, lebt er, so kommt es seinen Besuchern vor, in den Tag hinein. Von Sachzwängen hält er wenig, auch nicht von Ordnung, und um seinen Ruf macht er sich nicht mehr Sorgen als unbedingt nötig. Als ihn sein Schriftstellerkollege Franz Grillparzer im April 1836 besucht, notiert der in seinem Tagebuch: »Hatte endlich die Wohnung Heines erfragt, ging heute zwölf Uhr zu ihm… Als ich schellte, öffnete mir ein hübscher, runder junger Mann im Schlafrock, der mir wie einem alten Bekannten die Hand reichte. Es war Heine selbst, der mich für den Markis de Cüstine hielt. Er zeigte große Freude, als ich mich nannte und führte mich in seine tolle Wirtschaft hinein. Tolle Wirtschaft. Denn er wohnt da in ein paar der kleinstmöglichen Stuben mit einer oder zwei Grisetten, denn zwei waren eben da, die in den Betten herumstöberten, und von denen er mir eine, eben nicht zu hübsche, als seine petite bezeichnete. Er selbst sieht aber auch wie die Lebenslust und, mit seinem breiten Nacken, wie die Lebenskraft aus.« Solange die Gesundheit mitspielt, gönnt Heine seiner Lebenslust keine unnötigen Verschnaufpausen, er möchte nichts versäumen. Zeigt sich Paris schon am Tag als hektische Metropole, so geht es in der Nacht erst richtig los: Das Pariser Nachtleben, das nicht so frivol ist, wie es seine moralisch gefestigten Kritiker gerne hätten, läßt sich kaum je ruhigstellen, es macht, was es will, und ergibt sich nur dem aufbrausenden Tag, der es bis in den Abend hinein weiterführt und sich dann ablösen läßt. In Paris gibt es denn auch keine Sperr- oder Geisterstunde: »Zwischen zwölf und ein Uhr, der Stunde, die nun einmal von jeher den Gespenstern zum Spuken angewiesen ist, rauscht noch das lebendigste Leben in den Gassen von Paris, in der Oper klingt eben dann das brausendste Finale, aus den Varietés… strömen die heitersten Gruppen, und das wimmelt und tänzelt und lacht und schäkert auf den Boulevards… Wie müßte sich ein armes spukendes Gespenst unglücklich fühlen in dieser heiteren Menschenbewegung!… Ich selbst, obgleich ich ein Deutscher, im Fall ich tot wäre und hier in Paris des Nachts spuken sollte, ich könnte meine Gespensterwürde gewiß nicht behaupten, wenn mir etwa an jeder Straßenecke irgendeine jener Göttinnen des Leichtsinns entgegenrennte, die einem dann so köstlich ins Gesicht zu lachen wissen ... Ich bin überzeugt, die Gespenster würden sich hier in Paris weit mehr amüsieren als bei uns die Lebenden. Was mich betrifft, wüßte ich, daß man solcherweise in Paris als Gespenst existieren könnte, ich würde den Tod nicht mehr fürchten. Ich würde nur Maßregeln treffen, daß ich am Ende auf dem Père Lachaise beerdigt werde und in Paris spuken kann, zwischen zwölf und ein Uhr.«

Heine, der das Schreiben zu seinem Beruf gemacht hat, weiß sich gut zu verkaufen, was auch sein muß, denn er braucht ständig Geld. Die Augsburger *Allgemeine* zahlt ordentlich, aber nicht genug, so daß es ihm gelegen kommt, daß ihn auch französische Zeitschriften um Mitarbeit ersuchen. Heine freut sich, wenn die Geschäfte laufen; daß er etwaige Überschüsse auf die Seite legen könnte, um für schlechtere Zeiten zu sparen, kommt ihm nicht in den Sinn. Er ist ein Genießer, der in die Freuden des Augenblicks investiert, nicht in die Zukunftssicherung. Sein Kollege Alexander Weill berichtet: »Zur Zeit, als Heine für französische Zeitschriften schrieb, die ihn ... sehr gut bezahlten – 1 franc die Zeile, ein für damalige Verhältnisse märchenhaftes

Honorar –, veranstalteten einige seiner Freunde und Mitarbeiter ein großes Essen... Man hatte verabredet, daß das Essen im ›Rocher de Cancale‹ stattfinden solle, und 50 francs pro Kopf angesetzt. Das Essen verlief sehr heiter, so heiter, daß die meisten Gäste mehr als fröhlich waren, als sie vom Tisch aufstanden. An der Tür des Restaurants trifft Heine einen Bekannten. ›Es will mir scheinen‹, sagt dieser, ›als hätten Sie sehr gut gespeist.‹ – ›Wir haben jeder fünfzig Zeilen verzehrt, mein Bester!‹«

Als Journalist tritt der Schriftsteller Heine ohne Scheu vor fremden Ressorts auf. Er berichtet über französische Maler, schreibt Konzert- und Theaterkritiken. Sein Gespür für bildende Kunst ist begrenzt, aber er weiß sich zu helfen, indem er auch hier auf seine Stärken setzt: die kritische, intuitive Erfassung der Besonderheit eines Werks vor dem Hintergrund von Lebensgeschichten und politisch-gesellschaftlichem Kontext. In der Kunst, deren Gegenstandsbereich ein greifbarer ist, weil er sich vor dem Auge des Betrachters aufbaut und erst einmal bestehen bleibt, fällt Heine das leichter als in der Musik, die zwar, nach Auskunft von Philosophen wie Schopenhauer, in ihrer ergreifenden Flüchtigkeit einen Ewigkeitsbereich für den Menschen eröffnet, aber gerade deswegen auch, für den Laien zumindest, etwas Unfaßbares hat. Zur Musik findet Heine, vorsichtig ausgedrückt, nicht recht Zugang; einige ihm weniger wohlgesinnte Zeitgenossen, die es auch in Paris gibt, äußern sich nicht so vorsichtig und sprechen offen aus, daß er keine Ahnung von Musik hat, was um so erstaunlicher anmutet, da er ungerührt Konzertkritiken verfertigt, die allesamt recht ordentlich sind, so daß man vermuten darf, daß sich Kennerschaft und Expertentum auch gekonnt simulieren lassen. Ludwig Börne, einer der bekanntesten politischen Schriftsteller in Deutschland, mit dem sich Heine anfangs durchaus versteht, ehe die literarisch gute Nachbarschaft auf Grund persönlicher Animositäten in verbissene Abneigung umschlägt, schreibt über den Musikkritiker Heine: »Heine saß in Hillers Konzert neben mir. Er ist so unwissend in Musik, daß er die 4 Teile der großen Symphonie für ganz verschiedene Stücke hielt und ihnen die Nummern des Konzertzettels beilegte, wie sie da aufeinander folgten. So nahm er den 2ten Teil der Symphonie für das angekündigte Alt-Solo; den 5ten Teil für ein Violoncello-Solo und den 4ten für die Ouvertüre zum Faust. Da er sich sehr langweilte, war er froh, daß alles so schnell ging, und ward wie vom Blitz gerührt, als er von mir erfuhr, daß erst Nr. 1 vorbei sei, wo er dachte, schon 4 Nummern wären ausgestanden.«

Obwohl Heine kein Musikkenner ist, erfreut er sich der Wertschätzung bedeutender Komponisten. Er kennt Chopin und Liszt, hat Kontakte zu Berlioz, Hiller und Rossini. Ein guter Freund wird Jakob Beer, der aus Berlin stammt und sich als Musiker Giacomo Meyerbeer nennt. Auch einige Größen aus Kultur, Politik und Wirtschaft lernt Heine kennen. Er verkehrt mit der Bankiersfamilie Rothschild und den Ministern Guizot und Périer. Von den französischen Schriftstellern schätzen ihn Dumas, Gautier, Balzac, Victor Hugo, Nerval und Musset; mit der Dichterin George Sand, die sich um die vorgezogene Emanzipation der Frauen verdient macht und ähnlich sarkastisch sein kann wie Heine, was manche Verstimmtheit zur Folge hat, ist er eine Zeitlang befreundet.

Heine bekommt inzwischen auch Gelegenheit, die Schattenseiten der Berühmtheit kennenzulernen: Ähnlich wie Goethe in Weimar, dem seinerzeit nicht nur ein junger Autor namens Heine die Aufwartung machte, wird auch er nun von Besuchern bedrängt, die nicht immer in friedlicher Absicht kommen. Meist sind es Künstler auf der Durchreise wie Richard Wagner, die Schriftstellerkollegen Hebbel, Grillparzer und Hans Christian Andersen oder Emigranten wie Börne und die Sozialisten Marx, Ruge und Lassalle. Auch Zuträger des Fürsten Metternich versuchen, zu ihm vorzudringen, was nicht so schwer ist, denn man muß Heine nur mit gehörigem Lob begegnen, um ihn, zumindest anfänglich, geneigt und munter vorzufinden. Sein Interesse für den jeweiligen Gesprächspartner ist allerdings nie ganz wörtlich zu nehmen und geht oft mit einer lauernden Empfindlichkeit einher, die ihn dazu bringt, abrupt mißtrauisch zu werden, sich zurückzuziehen oder sogar, wenn die zwischenzeitlich eingetretene Verstimmung anhält, nachtragend zu sein. Der Schriftsteller Anton Alexander von Auersperg zum Beispiel, der unter dem Künstlernamen Anastasius Grün publizierte, erlebt Heine erst freundlich, dann weniger freundlich, weshalb er es vorzieht, selber ein wenig beleidigt zu sein. Er schreibt:

»Heine ist einer der liebenswürdigsten, aber zugleich charakterlosesten Menschen, die es gibt, von außergewöhnlicher Feinheit und Durchdringlichkeit des Geistes und Gefühls, aber ebendaher auch von großer Reizbarkeit und Empfindlichkeit; das unbedeutendste, noch so unbefangen und sorglos ausgesprochene Wort, wenn es nur von ferne eine ihm nicht ganz zusagende Deutung zuläßt, wird er tagelang mit sich herumtragen und verarbeiten. Seine Schattenseite und zugleich sein Unglück ist seine Umgebung, ein schauerliches Mischmasch von politischen Flüchtlingen, Dichterlingen, verunglückten Handelscommis', Pflastertretern und Abenteurern aller Art...«

So gut sich Heine in Paris eingelebt hat und sosehr er bereits eine Existenz führt, die als komfortabel gelten kann, so setzt ihm doch auch wiederkehrendes Heimweh zu. Dann fühlt er sich nur noch »wie in der Fremde« und hängt einer wehmütigen Stimmung nach, die bereits in seinem wohl bekanntesten Gedicht angeklungen war: »Ich weiß nicht, was soll es bedeuten, / Daß ich so traurig bin; / Ein Märchen aus alten Zeiten, / Das kommt mir nicht aus dem Sinn. / – Die Luft ist kühl und es dunkelt, / Und ruhig fließt der Rhein; / Der Gipfel des Berges funkelt / Im Abendsonnenschein. / – Die schönste Jungfrau sitzet / Dort oben wunderbar; / Ihr goldnes Geschmeide blitzet, / Sie kämmt ihr goldenes Haar. / – Sie kämmt es mit goldenem Kamme / Und singt ein Lied dabei; / Das hat eine wundersame, / Gewaltige Melodei. / – Den Schiffer im kleinen Schiffe / Ergreift es mit wildem Weh; / Er schaut nicht die Felsenriffe, / Er schaut nur hinauf in die Höh. / – Ich glaube, die Wellen verschlingen / Am Ende Schiffer und Kahn; / Und das hat mit ihrem Singen / Die Loreley getan.«

Heine ist jedoch meist zu unternehmungslustig

und zu beschäftigt, um sich dem Heimweh länger als unbedingt nötig zu beugen, zumal er weiß, daß das Deutschland-Bild seiner Träume mit der Realität nicht viel zu tun hat. Vor dieser Realität kann man nicht ausweichen, im Gegenteil, man muß sich ihr stellen, was zunächst einmal bedeutet, möglichst gut informiert zu sein. Fast täglich sucht er die Pariser Lesekabinette auf, in denen deutsche Zeitungen ausliegen. Der Journalist Eduard Beurmann, der einen Artikel über Heine zu schreiben hat, berichtet: »Wenn man bei Galignani in der rue Vivienne oder in einem der Lese-Institute des palais royal einen etwas untersetzten Deutschen sieht, mit dunklem Haar, langem Überrock, sehr nachlässiger Cravatte, listigem, stechendem, aber ziemlich gutmütigem Auge, der hastig eintritt, von einem Stuhle und aus einem Zimmer zu dem andern eilt, so viel deutsche Zeitungen wie möglich auf diesen Hin- und Herzügen zusammenrafft, die Pariser Privatcorrespondenz in ihnen durchfliegt, und wenn alles durchgesucht und durchgelesen ist, die neuen Gesichter fixiert, ob vielleicht ein bekanntes deutsches darunter sei – ich sage, wenn man einen solchen Menschen dort umherkreisen sieht, so kann man Hundert gegen Eins wetten, es ist Heinrich Heine …«

Ungeachtet der deutschen Rückschrittlichkeit,

die ein erstaunliches Beharrungsvermögen an den Tag legt und gegen alle liberalen Tendenzen steht, läßt sich der Menschheitsfortschritt nach Heines Überzeugung nicht mehr aufhalten. Er hat eine Vision: »Wir haben die Lande gemessen, die Naturkräfte gewogen, die Mittel der Industrie berechnet, und siehe da, wir haben ausgefunden, daß diese Erde groß genug ist; daß sie jedem hinlänglich Raum bietet, die Hütte seines Glücks darauf zu bauen; daß diese Erde uns alle anständig ernähren kann, wenn wir alle arbeiten und nicht einer auf Kosten des anderen leben will; und daß wir nicht nötig haben, die größere und ärmere Klasse an den Himmel zu verweisen.« In Paris nähert sich Heine, der als überzeugter Individualist begonnen hatte, der Linken an. Er sympathisiert mit den Anhängern des Philosophen Saint-Simon, die das Glück der Menschen nicht mehr von religiösen Jenseitserwartungen abhängig machen, sondern auf den bewußten Einklang von Sinnlichkeit und Vernunft setzen, der sich auf Erden beweisen muß, nicht im Himmel.

Heine lernt auch den führenden Kopf der Sozialisten, Karl Marx, kennen, mit dem er eine Zeitlang befreundet ist, bis sich ihre Wege wieder trennen. Die sozialistischen Ideen hält Heine für wichtig und nützlich, möchte sie sich jedoch nicht zu eigen machen, dazu ist er zu sehr Künstler, der sich nichts Schlimmeres vorstellen kann als die Beschneidung persönlicher Freiheitsrechte zugunsten einer abstrakten Weltverbesserungsideologie, die sich menschheitsbeglückende Vollmachten anmaßt. Heine weiß jedoch auch, daß dem Freiheitsgedanken in Zeiten des Umbruchs eine erhöhte soziale Verantwortung zukommt; er kann sich nicht mehr mit sich selbst begnügen, »solange der größte Teil der Menschen im Elend« lebt »und sich mit der himmlischen Seligkeit begnügen« muß. Im Zeitalter der beginnenden industriellen Revolution bekommt Freiheit einen anderen Inhalt: Sie kann nicht mehr nur das in Gedanken gefaßte Selbstverwirklichungsspielzeug des einzelnen sein, sondern soll zur materiellen Lebenssicherung des Volkes beitragen, die inzwischen, dank neuer und ungeahnter Möglichkeiten, zumindest theoretisch auf einer viel breiteren Grundlage als früher steht. Heines Freiheitsverständnis wird in Paris konkreter und orientiert sich, zumindest vorübergehend, an den realen Existenzbedingungen der Menschen, die jedoch noch eine andere, höherrangige Instanz haben, an der sich ihr Selbstverständnis auszurichten hat. Der Mensch, weiß Heine, muß sich, unabhängig von den politischen Umständen, die ihm gerade zugemutet werden, immer wieder in Frage stellen und aufs neue entwerfen – das ist seine eigentliche, nie zu umgehende Herausforderung, das Recht auch, wenn man so will, der Lebenden gegen die Toten: »Das Leben ist weder Zweck noch Mittel: das Leben ist ein Recht. Das Leben will dieses Recht geltend machen gegen den erstarrenden Tod, gegen die Vergangenheit, und dieses Geltendmachen ist die Revolution.«

In der Theorie ist Heine ein Volksfreund gewesen, in der Praxis hält er lieber Abstand. Vielleicht hat das auch mit seiner Krankheit zu tun, die ihn zunehmend quält: Seit 1832 leidet er, der seit Jahren schon von heftigen Migräneanfällen heimgesucht wird, an einer rätselhaften Rückenmarkserkrankung, die ihm erst Sehstörungen und Bewegungsausfälle, dann fortschreitende Lähmung bringt. Von 1848 an ist er ans Bett gefesselt, er bezieht seine »Matratzengruft«, in die er sich jedoch nicht ohne Gegenwehr begibt. Heine präsentiert sich als Widerstandskünstler, der seine Krankheit mit Geist und Ironie bekämpft, den einzigen Waffen, die ihm geblieben sind. Seinem erklärten Bestreben, zur Verständigung von Deutschen und Franzosen beizutragen, dienen auch zwei bedeutende theoretische Schriften, die Mitte der dreißiger Jahre erscheinen: *Die romantische Schule* und *Zur Geschichte der Religion und Philosophie in Deutschland*. Die Bücher erscheinen in getrennten Ausgaben, gehören aber eigentlich zusammen und bieten, wie Heine schreibt, eine »Überschau deutscher Geistesvorgänge«, die er für wichtig hielt, weil »die Erzeugnisse unserer schönen Blumen« den Franzosen »nur stumme Blumen sind, solange sie die Bedeutung der Religion und der Philosophie in Deutschland nicht kennen«. Den Franzosen nämlich »ist die stille Heimlichkeit, das ahnungs- und erinnerungssüchtige Traumleben, das selbst in den leidenschaftlich bewegtesten Dichtungen der Deutschen beständig hervortritt,... unbegreiflich... Mit Verwunderung betrachten sie uns Deutsche, die wir oft sieben Jahre die blauen Augen der Geliebten anflehen, ehe wir es wagen, mit entschlossenem Arm ihre Hüften zu umschlingen. Sie sehen uns an mit Verwunderung, wenn wir erst die ganze Geschichte der französischen Revolution samt allen Kommentarien gründlich durchstudieren und die letzten Supplementbände abwarten, ehe wir diese Arbeit ins Deutsche übertragen.«

Heine meint auch den Urheber für das etwas merkwürdige Deutschland-Bild zu kennen, dem die Franzosen noch immer anhängen: 1813 war die Schriftstellerin Madame de Staël (1755–1817) durch deutsche Lande gereist und hatte darüber ein erfolgreiches Buch mit dem Titel *D'Allemagne* geschrieben, das mit einer Entdeckung aufwarten konnte, die sich alsbald verselbständigte und zum festen Begriff wurde: Die Deutschen, meinte Madame de Staël, seien das »Volk der Dichter und Denker«, ein seltsam introvertierter Volksstamm mit unausrottbarem Hang zu Melancholie und Tiefsinn. Heine sieht darin eher eine Karikatur, die insgesamt mehr Schaden als Nutzen angerichtet hat: »Die gute Dame sah bei uns nur, was sie sehen wollte: ein nebelhaftes Geisterland, wo die Menschen ohne Leiber, ganz Tugend, über Schneegefilde wandeln, und sich nur von Moral und Metaphysik unterhalten... Sie sieht überall Spiritualismus, sie preist unsere Ehrlichkeit, unsere Tugend, unsere Geistesbildung – sie sieht nicht unsere Zuchthäuser, unsere Bordelle, unsere Kasernen.« Heine möchte die Mentalitätsunterschiede zwischen Deutschen und Franzosen, über die er sich zuvor schon einige Male verbreitet hatte, nicht in Abrede stellen, aber er hält sie für nebensächlich, so wie auch die anderen Unterschiede, die zwischen den Menschen und Völkern bestehen, letztlich nicht ins Gewicht fallen, wenn man an das Große und Ganze, die Menschheit, denkt, die sich auf ihrer Heimat, der Erde, in gutnachbarschaftliche Beziehungen finden muß und auf eine Weltgemeinschaft zustrebt. Seinen Landsleuten, den

Deutschen, gesteht Heine, im Anschluß an seinen philosophischen Lehrer Hegel, einen Sonderweg zu, der sich aus ihrer Geschichte, weniger aus ihrer Vorliebe für hermetische Gedankengebäude herleitet.

Der Deutsche, so scheint es, braucht erst die Theorie, bevor er sich für eine Praxis entscheidet, die ihm als begründet erscheint: »Ein methodisches Volk wie wir mußte mit der Revolution beginnen, konnte erst hierauf sich mit der Philosophie beschäftigen, und durfte nur nach deren Vollendung zur politischen Revolution übergehen. Diese Ordnung ist ganz vernünftig... Lächelt nicht über den Phantasten, der im Reiche der Erscheinungen dieselbe Revolution erwartet, die im Gebiete des Geistes stattgefunden. Der Gedanke geht der Tat voraus, wie der Blitz dem Donner.«

Daß Heine seiner Krankheit nicht nur tapfer, sondern oft sogar fröhlich begegnet, hat auch mit der Liebe zu tun: Er, der sich schon immer als großer Frauenfreund gesehen hatte, sah sich auf einmal »in eine Liebesgeschichte verstrickt«, aus der er nicht mehr herauskam, auch gar nicht mehr herauswollte. Im Oktober 1834 hat er die zwanzig Jahre jüngere Crescence Eugènie Mirat kennengelernt, ein Mädchen aus einfachen Verhältnissen, das von höherer Bildung wenig, dafür von Lebensfreude um so mehr hält. Mathilde, so nennt Heine sie – »weil der Name Crescence ... mir immer in der Kehle wehe tat« –, ist unbelesen und an Literatur nicht interessiert, was ihn nicht etwa schmerzt, sondern erfreut, da er durch ihr Temperament und die »Unbeständigkeit ihrer Laune ... erheitert« wird (»nur höchst selten denke ich daran, mich nebst sie zu vergiften«). Wie man sich die Beziehung des ungleichen Paares, das in wilder Ehe lebt und erst 1841 heiratet, vorstellen kann, hat Heines Schriftstellerkollege Heinrich Laube beschrieben, der ihn 1839 besucht: »Er stellte ein junges, stattliches Mädchen als seine junge Frau vor. Sie war eine volle Figur mit heiterem runden Antlitz und von angenehmem Wesen. Heine hatte die größte Freude an ihrem naiven fröhlichen Naturell ..., und er hatte immer etwas Naives und Kindliches, wenn er von ihr erzählte ... Daß sie nichts von seinen Schriften verstand, war für ihn ein Triumph. ›Sie liebt mich persönlichst, und die Kritik hat dabei gar nichts zu tun!‹ rief er vergnügt. In der Tat war das sehr drollig, wenn sie fragte, ob es denn wahr wäre, daß ihr Henri ein berühmter Dichter sei ...« Der Journalist Alexandre Weill hat das Eheleben der Heines in einer Anekdote zusammengefaßt, die, auch wenn sie nicht stimmen sollte, auf jeden Fall gut erfunden ist: »Mathilde war schon verheiratet und wohnte in der Rue Bleue, als Heine voll Eifersucht über die abgöttische Liebe seiner Frau zu ihrem Papagei mir eines Tages sagte: ›Ich werde ihn vergiften, aber sagen Sie ihr um Gottes willen nichts, ich hätte für immer bei ihr verspielt.‹ Ich kaufte also Schierling und gab ihn ihm heimlich. An diesem Tag aßen wir zusammen außerhalb und gingen dann gemeinsam wieder heim; in Erwartung einer Szene hatte Heine mich gebeten mitzukommen. Als Mathilde sah, daß ihr Papagei tot war, stieß sie einen schrecklichen Schrei aus, einen wahren Herzensschrei; sie wurde fast ohnmächtig und wälzte sich, ohne Rücksicht auf Heine und mich, auf dem Boden umher, schluchzte und schrie: ›Nun bin ich ganz allein auf der Welt!‹ Wir mußten lachen. ›Was‹, rief Heine, ›ich bin dir also nichts?‹ Da sprang sie mit einem Satz auf, und in der Pose Alicens vor Bertram rief sie: ›Gar nichts! Gar nichts!‹«

Nicht nur naiv und leidenschaftlich ist Heines Mathilde, die er auch schon mal seinen »Hausvesuv« nennt, sondern auch äußerst begabt darin, Geld auszugeben. So muß er mehr denn je auf die Einkünfte achten, die er am literarischen Markt erzielt. Heine ist längst zu einem verkaufstüchtigen Schriftsteller geworden, der keine Hemmungen hat, neben den regulären Honoraren auch indirekte, nicht an literarische Gegenleistungen gebundene Zahlungen entgegenzunehmen. So erhält er beispielsweise eine diskret gehandhabte, aber großzügig bemessene Pension der französischen Regierung, die im Jahresdurchschnitt dem Salär eines gut besoldeten Universitätsprofessors entspricht. Als Heines Widersacher in Deutschland, von denen es nicht gerade wenige gibt, davon Wind bekommen, zeigen sie sich empört: Dieser sogenannte Dichter sei nichts weiter als »ein bezahlter Schuft«, heißt es, und habe sich womöglich gar für Denunzianten- und Spionagedienste entlohnen lassen.

Heine ist die Sache einigermaßen peinlich; er sieht sich gezwungen, in die Verteidigung zu gehen. Mit einer »Öffentlichen Erklärung«, in der Augsburger *Allgemeinen Zeitung* abgedruckt, setzt er sich gegen die Verdächtigungen zur Wehr: »Meine Ehre ist nicht in der Hand des ersten, besten Zeitungskorrespondenten, nicht das erste, beste Tagesblatt ist ihr Tribunal; nur von den Asisen der Literaturgeschichte kann ich gerichtet werden. Dann auch will ich nicht zugeben, daß Großmut als Furcht interpretiert und verunglimpft werde. Nein, die Unterstützung, welche ich von dem Ministerium … empfing, war kein Tribut; sie war eben nur eine Unterstützung; sie war – ich nenne die Sache bei ihrem Namen – das große Almosen, welches das französische Volk an so viele Tausende von Fremden spendete, die sich durch ihren Eifer für die Sache der Revolution in ihrer Heimat mehr oder weniger glorreich kompromittiert hatten und an dem gastlichen Herde Frankreichs eine Freistätte suchten.«

Das klingt vollmundiger, als es gemeint war, aber Heine hat Mühe, die Contenance zu wahren, wenn er sich im privaten Bereich, zu dem auch seine finanziellen Verhältnisse gehören, angegriffen fühlt. Eine Verpflichtung, in Gelddingen größere Zurückhaltung an den Tag zu legen, kann er daraus nicht ableiten; er hält sich, nicht nur weil er ein bedeutender Dichter ist, sondern inzwischen auch eine ausgabewütige Frau zu unterhalten hat, für unbedingt förderungswürdig und nimmt, was er kriegen kann.

Auch von Onkel Salomon in Hamburg bekommt er wieder in unregelmäßigen Abständen Geld, nachdem die Unterstützung zwischenzeitlich eingefroren worden war. Im Familienkreis hat sich Heine vorübergehend beliebt gemacht; man meint, daß der Dichter wohl etwas zahmer geworden sei und sich nicht um jeden Preis mit Obrigkeiten und Würdenträgern anlegt. Auch daß Heinrich Heine mit seinem Vetter Carl Heine, der inzwischen ebenfalls in Paris wohnt, freundschaftliche Beziehungen unterhält und ihn während der Choleraepidemie von 1832 fürsorglich gepflegt hat, wird in Hamburg wohlwollend registriert. 1839 zahlt Onkel Salomon seinem Neffen wieder eine regelmäßige Unterstützung, die nach der Heirat mit Mathilde sogar noch erhöht wird. Eine andere und sehr neuartige Geldquelle entdeckt Heine, der in Finanziers- und Bankierskreisen kein Unbekannter ist, an der Börse: Er spekuliert, erst zaghaft, dann zunehmend sicherer und kühner werdend, ohne daß es deshalb zum erhofften, ganz großen Gewinn gereicht hätte. Immerhin erwirtschaftet er einen Überschuß, worauf er ein wenig stolz ist, sieht er darin doch einen weiteren Beweis dafür, daß ein Schriftsteller sehr wohl geschäftstüchtig sein kann, ohne an Brillanz auf seinem ureigenen Feld einzubüßen. Geht es ihm finanziell einmal nicht so gut, was aus Heines Sicht öfter der Fall ist, von anderen, seinem Verleger etwa, aber nicht so dramatisch gesehen wird, zögert er nicht, sich bei einem Mäzen, der sich zuvor schon einmal spendabel gezeigt hatte, in Erinnerung zu bringen. Der Tonfall, den er dabei anschlägt, ist nicht etwa kleinlaut, sondern so selbstbewußt, ja fordernd, wie es seinem einnehmenden Wesen entspricht. An den bekannten Bankier Baron James de Rothschild schreibt er: »Herr Baron! – Die älteren Juden, welche sehr gefühlvolle Menschen waren, hegten den Glauben, daß man in Gegenwart eines Kindes nicht etwas Gutes essen dürfe, ohne demselben einen Bissen davon mitzuteilen, aus Furcht, das Kind würde dadurch einen Blutstropfen verlieren... Ihr edles Herz, Herr Baron, scheint auch diesem großmütigen Aberglauben treu geblieben zu sein und jedes Mal, wenn das Glück Sie in Ihren kolossalen Geschäften ganz besonders begünstigte, haben nicht bloß Ihre nächsten Hausfreunde, sondern auch der Dichter, das große Kind, etwas zu schlukken bekommen. In diesem Augenblicke, wo Sie wieder bei einem ungeheuren Unternehmen vorherrschend beteiligt sind, und überhaupt siegreich und millionärer als je aus den Revolutionsstürmen hervorgehen, jetzt erlaube ich mir, Ihnen wissen zu lassen, daß ich noch nicht gestorben bin, obgleich mein Zustand nicht eben den Namen Leben verdient.«

Heine ist nicht nur einer der ersten Berufsschriftsteller gewesen, sondern auch einer der bestverdienenden. Er verfeinert eine Vermarktungstechnik, die unter heutigen Autoren gang und gäbe, ja für einige sogar überlebensnotwendig geworden ist: Seine Arbeiten werden mehrfach publiziert, erscheinen zunächst meist in Zeitungen und Zeitschriften und kommen anschließend in Buchform heraus. Seinem Verleger gegenüber tritt Heine mit listiger Härte auf; er ist keineswegs der Meinung, daß er gut verdient, es könnte mehr sein, und er behandelt jede seiner Schriften, ob es sich nun um einen bereits abgedruckten Aufsatz oder um einen Originaltext handelt, der erstmals veröffentlicht werden soll, als wertvolles Unikat, für das sein Autor, aus Fürsorgepflicht der eigenen Person gegenüber, eine wohlbedachte Hochpreispolitik betreibt. Als ihn sein Verleger Campe einmal wegen seines unnachgiebigen Geldbedarfs rügt, antwortet ihm Heine: »Ich brauche viel, unmenschlich viel... Sie haben recht, lieber Campe, wenn Sie sagen, daß man sich nach der Decke strecken müsse. Das habe ich bis jetzt auch getan; nur möchte ich mir jetzt eine längere Decke anschaffen... Sie sagen, daß Sie glaubten, ich wäre durch das Honorar... ganz aus meinen Sorgen gerissen. Das glaubte ich auch im ersten Augenblick zu sein, aber Personen, die mich eben jenes... Honorars wegen... für einen Crösus halten, haben mir seitdem mehr Geld entzogen, als ich billig erwarten konnte.«

Das geschickte Taktieren seines Autors bekommt Campe ein ums andere Mal vorgeführt, am eindrucksvollsten wohl, als Heine seinem Verleger, der darüber nicht sonderlich amüsiert ist, sich aber nicht entziehen kann, die Rechte an einer künftigen Gesamtausgabe verkauft, wofür er einen üppigen Vorschuß von 20 000 Francs sowie eine jährliche Rente aushandelt, die von 1848 an fällig wird und nach seinem Tod an Mathilde Heine, die noch mehr Geld braucht als ihr Mann, weiterzuzahlen ist. Heine könnte zufrieden sein, ist es auch, aber so etwas hält bei ihm nicht lange vor, dafür sorgt schon seine Krankheit. Er hat Schmerzen, die zwar physischer Natur sind, ihre eigentliche Bestätigung aber im Kopf finden, wo sie sich wiederholen und zur Gedankentortur werden. An seine Vertraute, die schöne italienische Gräfin Christine Belgiojoso, schreibt er: »Werde ich nicht bald, Madame, meinen Frieden, einen unwürdigen Frieden, mit den Mächten jenseits des Rheines machen, um den Kümmernissen des Exils und jener langweiligen Bedrängnis zu entgehen, die schlimmer ist als vollständige Armut? Ach! die Versuchungen werden seit einiger Zeit groß... Nein, ich bin kein Regulus; auf keinen Fall möchte ich gerne in einem mit Nägeln gespickten Faß gewiegt werden. Ebensowenig bin ich ein Brutus, ich würde mir niemals einen Dolch in meinen armen Bauch stoßen, um nur nicht den Preußen zu dienen. Nein, in einer solchen Alternative würde ich mich nicht töten, aber ich würde verrückt werden... Nein, sehr schöne und sehr mitleidige Fürstin, in diesem Augenblick bin ich nur krank; noch mehr seelisch als körperlich... Sie würden einen richtigen Eindruck von dem traurigen Zustand meiner moralischen Gesundheit gewinnen, wenn Sie wüßten, welche Reaktion sich seit kurzem in meinem Geist wegen der religiösen Lehren abspielt, als deren Gegner man mich kennt. Meine Ansichten stehen im Widerspruch mit meinen Gefühlen; ich trage einen Kranz aus Rosen auf meinem Kopf und den Schmerz in meinem Herzen. Ich dürste nach moralischer Einheit, ich dürste danach, meine Gedanken mit meinen Gefühlen in Einklang zu bringen; ich muß alle Rosenblätter aus meinem Rosenkranz reißen, damit nur eine Dornenkrone übrigbleibt, oder ich muß alle Leiden meines Herzens vernichten und sie durch neue Freuden ersetzen. Aber leider! Ich bekämpfe sie vergeblich, diese Schmerzen; sie sind gepanzert, und die schärfsten Waffen der Vernunft stumpfen sich an ihnen ab.«

Für alle Menschenkinder

Auf seine Wahlheimat Paris läßt Heine offiziell nichts kommen, er weiß die Stadt zu schätzen, lobt ihre Lebendigkeit und Vielfalt, die manchmal jedoch auch etwas Ermüdendes hat. Dann muß man fliehen, nicht in die Heimat nach Deutschland, denn dieser Weg bleibt Heine fürs erste versperrt, sondern hinaus aufs Land. Er reist in die Provinz, in die Bretagne und Normandie, läßt sich Badekuren verschreiben, die ihm kurzfristig Linderung verschaffen, seinem Leiden aber nicht beikommen. Der französische Norden erscheint ihm gesünder als der Süden, den er nur einmal besucht: 1836 ist er in Marseille und Aix-en-Provence. Besser gefällt es ihm in den Pyrenäen: 1841 hält er sich im Badeort Cauterets auf; er lobt die frische Bergluft und die klare, »fast beängstigende« Sicht.

Heines Bücher erscheinen in regelmäßigen Abständen: Nach dem Abschluß der *Reisebilder* veröffentlicht er einen Band über *Französische Zustände* (1833); seine journalistischen und essayistischen

Arbeiten versammelt er in dem dreibändigen Buch *Der Salon* (1834 ff.), in das er auch literarische Abbruchunternehmungen wie das amüsante, unvollendet gebliebene Prosastück *Aus den Memoiren des Herrn von Schnabelewopski* aufnimmt.

Heine ist ein Erzähler, dem es nicht an Eleganz und Wortwitz, wohl aber an Durchhaltevermögen mangelt, wenn sich das einmal gewählte literarische Konzept als zu mühsam oder zu ausufernd erweist. Dann gibt er lieber auf und fängt etwas Neues an; seinen »Kampf als Dichter« führt er mit kleinen, erfolgreichen Attacken, nicht als große Material- und Ermüdungsschlacht. In die *Memoiren des Herrn Schabelewopski*, die, hätten sie sich denn vollenden lassen, ein ungemein gutgelauntes Buch geworden wären, hat Heine, so als ahnte er bereits, was da auf ihn zukommen würde, eine spätere, insgesamt nicht sehr erfreuliche Erfahrung vorweggenommen, als er nämlich, nach Jahren des Exils, noch einmal zurückkehrt nach Hamburg: »Und die Stadt selbst, wie war sie verändert! … Der Schnee lag auf den Dächern, und es schien, als hätten sogar die Häuser gealtert und weiße Haare bekommen. Die Linden des Jungfernstegs waren nur tote Bäume mit dürren Ästen, die sich gespenstisch im kalten Wind bewegten. Der Himmel war schneidend blau und dunkelte hastig. Es war Sonntag, fünf Uhr, die allgemeine Fütterungsstunde, und die Wagen rollten, Herren und Damen stiegen aus, mit einem gefrorenen Lächeln auf den hungrigen Lippen. – Entsetzlich! In diesem Augenblick durchschauerte mich die schreckliche Bemerkung, daß ein unergründlicher Blödsinn auf allen diesen Gesichtern lag, und daß alle Menschen, die eben vorbeigingen, in einem wunderbaren Wahnwitz befangen schienen. Ich hatte sie schon vor zwölf Jahren, um dieselbe Stunde, mit denselben Mienen, wie die Puppen einer Rathausuhr, in derselben Bewegung gesehen, und sie hatten seitdem ununterbrochen in derselben Weise gerechnet, die Börse besucht, sich einander eingeladen, die Kinnbacken bewegt, ihre Trinkgelder bezahlt, und wieder gerechnet: zweimal zwei ist vier ...«

Heine ist ein bekannter Schriftsteller, aber inzwischen hat er Konkurrenz im eigenen Lager zu fürchten: Ludwig Börne, populärer politischer Schriftsteller und konvertierter Jude, der ebenfalls nach Paris emigriert war, gilt als führender Kopf der Liberalen und Radikaldemokraten. Beide Schriftsteller hatten sich anfangs noch gut verstanden, auch wenn damals schon unterschwellige Eifersüchteleien zu spüren waren. Mit Börnes strikter, an formalen Gleichheitsprinzipien ausgerichteter Weltsicht kann Heine immer weniger anfangen, er ist und bleibt ein gemäßigter Monarchist, der zwar auch Gerechtigkeit auf der Welt will, sich aber den Luxus leistet, der demokratischen und sozialistischen Bewegung mit Mißtrauen zu begegnen, und für seine eigene Sicht der Dinge das Recht des Künstlers auf abweichende Meinung reklamiert. Der Tonfall zwischen Heine und Börne wird zunehmend gereizter, ja gehässig. Im Februar 1832 schreibt Börne an seine Lebensgefährtin Jeanette Wohl: »Der Heine ist ein verlorener Mensch. Ich kenne keinen, der verächtlicher wäre. Nicht die Verachtung, die sich mit dem Haß paart, kann man gegen ihn hegen, sondern die Verachtung, die sich mit Bedauern verbindet... Er hat den schlechten Judencharakter, ist ganz ohne Gemüt und liebt nichts und glaubt nichts... Es ist ihm nur wohl, wenn er mit Menschen zusammen ist, die er unter sich fühlt; meine Gegenwart drückt ihn ganz zu Boden. Auch meidet er mich, so viel er kann. Er hängt sich an das schlechteste Volk, geht mit bekannten Spionen um, macht den Zuträger und das ganz gewiß für Geld... Neulich schrieb er einen... Artikel in der *Allgemeinen Zeitung*, worin er sagte: er sei aus Neigung ein guter Royalist. Und so ist es auch. Seine ganze Natur und Geistesrichtung; seine Lüderlichkeit, seine Nervenschwäche und weibische Eitelkeit macht ihn zum geborenen Aristokraten...« Das ist, milde gesprochen, nicht sehr freundlich, und Heine, der sich zunächst Zurückhaltung verordnet, fühlt sich denn auch verletzt. Er trifft eine Entscheidung, die sich im nachhinein als ungünstig erweist: Die notwendige Auseinandersetzung schiebt er hinaus, er will sich nicht in einem Kleinkrieg verzetteln, dessen Tonfall Erinnerungen an die unselige Auseinandersetzung mit dem Grafen Platen weckt. Wäre es bei dieser Zurückhaltung geblieben, hätte man sie ihm als nobel auslegen können, aber es bleibt nicht dabei: Heine holt zum Gegenschlag aus. Daß Börne unglücklicherweise schon 1837 gestorben war, bringt ihn nicht mehr von seinem Kollisionskurs ab. Er möchte in großem Stil mit seinem Widersacher abrechnen; daß er sich damit an einem Toten vergreift, dessen rühmendes Andenken allerorten gepflegt wird, kann ihn leider nicht schrecken. Auch Campe, der pikanterweise beide Autoren verlegt, vermag Heine nicht mehr von seinen Plänen abzubringen. 1840 erscheint sein Buch *Heinrich Heine über Ludwig Börne*, das er selbst für vergleichsweise harmlos hält, da er, so seine Auskunft, »keine Biographie« vorlegen wolle, sondern »nur Selbsterlebnisse«, »Schilderungen persönlicher Berührungen in Sturm- und Notzeiten«. Tatsächlich erweist sich Heines Börne-Buch, das Thomas Mann später zur »genialsten Prosa seit Friedrich Nietzsche« ausrief, als singuläres Werk, wenn man zwischen den Zeilen zu lesen versteht und von den persönlichen Ausfällen des Autors absicht, der einerseits den klugen und überschauenden Tonfall einer objektiven Personengeschichtsschreibung wählt, andererseits genau da weitermacht, wo Börne aufgehört hatte, und sich zur Polemik hinreißen läßt: »Der ganze Haushalt« Börnes »beruhte auf der schmutzigsten Lüge, auf entweihter Ehe und Heuchelei, auf Immoralität. – Zu dem Ekel, der mich bei dem Zusammentreffen mit Börne von seiten seiner Umgebung bedrohte, gesellte sich auch das Mißbehagen, womit mich sein beständiges Kannengießern erfüllte. Immer politisches Raisonnieren und wieder Raisonnieren, und sogar beim Essen, wo er mich aufzusuchen wußte. Bei Tische, wo ich so gern alle Misere der Welt vergesse, verdarb er mir die besten Gerichte durch seine patriotische Galle, die er gleichsam wie eine bittre Sauce darüber hinschwatzte. Kalbsfüße à la Maître d'Hôtel, damals meine harmlose Lieblingsspeise, er verleidete sie mir durch Hiobsposten aus der Heimat, die er aus den unzuverlässigsten Zeitungen zusammengegabelt hatte.« Daß Heine mit seinem Börne-Buch sowohl persönliche wie auch personenunabhängige Geschichtsschreibung betrieb und nichts Geringeres beabsichtigte, als eine biographische, auf Weltläufigkeit angelegte Selbstbefragung vorzulegen, für die Goethes *Dichtung und Wahrheit* als Vorbild diente, während Börne nur der Namensgeber war, an dem sich eine Vielzahl von negativ besetzten, zeittypischen Symptomen festmachen ließ, nahm die literarische Kritik, die mit Heine ohnehin eine ständige Rechnung offen hatte, nicht zur Kenntnis. Sie sah nur, was sie sehen wollte: einen angeblich schon immer unangenehm eitlen Autor, der nicht davor zurückschreckte, sich über einen toten Kollegen herzumachen. Heine, der sich mißverstanden fühlt, zeigt sich über die einhellig negative Reaktion, die sein Buch auslöst, überrascht, aber eigentlich konnte er gar nicht überrascht sein, denn er war gewarnt worden, nicht zuletzt von Campe, der vergeblich versucht hatte, seinen Autor von dem mehr als seltsam anmutenden Vorhaben abzubringen, ein Buch über einen gerade verstorbenen Schriftsteller zu schreiben, das, nach Lage der Dinge und ungeachtet seiner ehrenwerten Absichten, nur als ehrenrührige, insgesamt sehr überflüssige Schmähschrift zu mißdeuten war. Heine hat dies nun auszustehen, er darf sich nicht beschweren. Campe schreibt: »Börne hat eine unbeschreibliche Popularität in Deutschland gewonnen; alle sehen in ihm einen seltenen Charakter… Nun kommen Sie, greifen den Haus-Götzen an. Schänden ihn, setzen ihn herunter! – Er ist tot; kann sich nicht wehren. Es ist ein allgemeiner Schrei gegen Sie ... Wenn ich Ihnen als ehrlicher Mann sage: keiner hat das Buch gelobt, jeder ... hat sein Mißfallen dick und derb zum besten gegeben, so berichte ich Ihnen die Wahrheit – die Sie von mir verlangt haben. Machen Sie sich auf das gefaßt, das Sie treffen muß ... Den wunden Fleck haben Sie am deutschen Charakter mit Pfeffer und Salz bestrichen; das brennt und schreit! Und wird eine fatale Nachwirkung haben, für Sie und Ihre Zukunft als deutscher Schriftsteller.«

Tatsächlich hat das Börne-Buch noch ein Nachspiel, das sich allerdings außerhalb der literarischen Kritik vollzieht. Heine, der sich besonders negativ über Börnes Freundin Jeanette Wohl geäußert hatte, die er als »magere Person, deren gelblich, pockennarbiges Gesicht einem alten Matzekuchen glich« beschrieb, wird von ihrem Ehemann Salomon Strauß erst auf offener Straße und danach in diversen Zeitungen beschimpft. Er reagiert zunächst gelassen, sieht sich aber dann doch gezwungen, Strauß zum Duell auf Pistolen zu fordern. Dabei geht es ihm weniger um einen kleinlichen Ehrenhandel, wie er damals noch häufig und gern ausgefochten wird, sondern um die Sache: »Es liegt mir nicht so sehr« daran, »Satisfaktion zu nehmen, als vielmehr meinen Landsleuten durch die Tat zu zeigen, daß die schmählichen Verleumdungen, die Sie durch deutsche Blätter verbreiten ließen, jeder Wahrscheinlichkeit entbehren.« Kurioserweise trägt das Duell, in dem sich Heine einen leichten Streifschuß einfängt, dazu bei, ihn bei seinen deutschen Verächtern vorübergehend in besseres Licht zu rücken: Man äußert Anerkennung über seinen Mut und empfiehlt seinem Kontrahenten, sich in Zukunft weniger hektisch um die eigene Ehrenrettung zu bemühen.

Nicht nur mit den deutschen Literaturkritikern hat Heine Probleme, sondern auch mit einigen seiner Kollegen: Die neuere politische Lyrik mißfällt ihm, er hält sie für »bombastisch prosaische Tendenzpoesie«, in der allenfalls die Absichten für löblich gelten können, nicht aber die Ausführung: »Es erhob sich im deutschen Bardenhain ganz besonders jener vage, unfruchtbare Pathos, jener nutzlose Enthusiasmusdunst, der sich mit Todesverachtung in einen Ozean von Allgemeinheiten stürzte ... Der leere Kopf pochte ... mit Fug auf sein volles Recht, und die Gesinnung war Trumpf.« Auch im Gedicht macht sich Heine über seine ungeliebten Kollegen, die Tendenzpoeten, lustig, von denen er annimmt, daß sie nach folgender Gebrauchsanweisung zu Werke gehen: »Deutscher Sänger! Sing und preise / Deutsche Freiheit, daß dein Lied / Unserer Seelen sich bemeistre / und zu Taten uns begeistre, / In Marseillenhymnenweise. / – Girre nicht mehr wie ein Werther, / Welcher nur für Lotten glüht – / Was die Glocke hat geschlagen, / Sollst du deinem Volke sagen, / Rede Dolche, rede Schwerter / – Sei nicht mehr die weiche Flöte, / Das idyllische Gemüt – / Sei des Vaterlands Posaune, / Sei Kanone, sei Kartaune, / Blase, schmettre, donnre, töte! / – Blase, schmettre, donnre täglich, / Bis der letzte Dränger flieht – / Singe nur in dieser Richtung, / Aber halte deine Dichtung / Nur so allgemein als möglich.« Gegen den hohlen Theaterdonner der neueren Lyrik setzt Heine ein poetisches Gesetz, das zeitlos sein soll: »Was ist in der Kunst das Höchste? Das, was auch in allen anderen Manifestationen des Lebens das Höchste ist: die selbstbewußte Freiheit des Geistes ... Dieses Selbstbewußtsein der Freiheit in der Kunst offenbart sich ganz besonders durch die Behandlung, durch die Form, in keinem Falle durch den Stoff ... Die wahrhaft großen Dichter haben immer die großen Interessen ihrer Zeit anders aufgefaßt als in gereimten Zeitungsartikeln.«

1843 erscheint Heines Versepos *Atta Troll*, an dem er sehr hängt und das er liebevoll »das letzte freie Waldlied der Romantik« nennt. Seine Leser indes finden das Waldlied nicht so wohlklingend wie er selbst und sind etwas verwirrt, was auch daran liegen mag, daß sich der Zeitkritiker Heine in seinem Buch hinter einem klugen Tanzbären verbirgt, der über die Jahrmärkte des Lebens zieht und dabei erkennen muß, wie es um die Menschen steht, denen man noch immer Hoffnungen macht, die nicht erfüllt werden können.

Kaum ist der *Atta Troll* erschienen, erreichen Heine beunruhigende Nachrichten aus Hamburg: Dort ist ein verheerendes Großfeuer ausgebrochen; zwanzigtausend Menschen sind obdachlos geworden, darunter auch seine Mutter. Onkel Salomon verliert sein Hamburger Stadthaus an die Flammen, beweist sich ansonsten aber wieder als tatkräftiger Bürgerfreund, der mit großzügigen Spenden dafür sorgt, daß der Wiederaufbau in Angriff genommen wird. Schon lange hat Heine mit Heimweh zu kämpfen gehabt, das sich, da er sich als Poet seiner annahm, immer wieder besänftigen ließ; nun jedoch, da er sich Sorgen um seine Familie machen muß, läßt es sich nicht mehr ruhigstellen. Heine wird an eine Einsicht erinnert, die er kurz zuvor niedergeschrieben hatte: »Eine Weile lang geht's gut. Aber der Mensch ist nicht immer aufgelegt zum Lachen, er wird manchmal still und ernst und denkt zurück an die Vergangenheit; denn die Vergangenheit ist die eigentliche Heimat seiner Seele, und es erfaßt ihn ein Heimweh nach den Gefühlen, die er einst empfunden hat, und seien es auch Gefühle des Schmerzes.« Am 21. Oktober 1843 bricht Heine nach Hamburg auf, wo er acht Tage später eintrifft. Seine Reise, bei der er »ein höllisches Tempo« vorlegt, weil er den preußischen Behörden, die seine Schriften auf den Index gesetzt haben, keine Gelegenheit geben will, ihm bei längeren Zwischenstopps zu nahe zu kommen, hält er weitgehend geheim. Das Wiedersehen mit der Hansestadt, der er früher manch boshaften Text gewidmet hat, aus dem jedoch auch immer der Nachklang unerwiderter Liebe herauszulesen war, fällt gemischt aus: »Die Stadt, zur Hälfte abgebrannt, / Wird aufgebaut allmählig, / Wie 'n Pudel, der halb geschoren ist, / Sieht Hamburg aus, trübselig«, reimt er etwas hilflos, weiß vom Wiedersehen mit den Lieben daheim aber Gutes zu berichten: »Ich werde hier von aller Welt gehätschelt. Meine Mutter ist glücklich; meine Schwester ist außer sich vor Entzücken, und mein Oheim findet an mir alle erdenklichen guten Eigenschaften.«

Auch die Gespräche mit Campe verlaufen zufriedenstellend; er erneuert die Vereinbarung über die zukünftige Werkausgabe, von der nach Heines

Tod, den er nun immer öfter, so als hätte er seinen Spaß daran, in elegischen Andeutungen erwähnt, bekanntlich auch Mathilde profitieren soll. Selbst der intensivste Briefkontakt, meint Heine mit Blick auf Campe, kann letztlich nicht das persönliche Gespräch ersetzen: »Die Verwicklungen, die sich durch eine dreizehnjährige Abwesenheit bilden mußten, haben wir entwirrt, uns dadurch die Gegenwart erheitert, und wir dürfen auf eine schöne Zukunft rechnen.«

Heines Plan, seinen alten Freund und Förderer Varnhagen wiederzusehen, läßt sich nicht realisieren, denn Varnhagen ist unpäßlich und hält eine Reise nach Berlin für zu gefährlich, da Heine in Preußen nach wie vor als unerwünschte Person gilt. So tritt er am 7. Dezember die Heimreise an, die ihn über Hannover, Bückeburg, Minden, den Teutoburger Wald, Unna, Hagen, Köln und Aachen zurück nach Paris führt, wo er am 16. Dezember eintrifft. Dort macht er sich sogleich an die Ausarbeitung eines »humoristischen Reise-Epos«, das ein knappes Jahr später erscheint und unter dem Titel *Deutschland. Ein Wintermärchen* zu Heines bekanntester Dichtung wird.

So begeistert ist Heine von seinem Werk, daß er gar nicht mehr »damit aufhören« möchte; an Campe schreibt er: »Es ist ein gereimtes Gedicht, welches... die ganze Gärung unserer deutschen Gegenwart in der kecksten, persönlichsten Weise ausspricht. Es ist politisch romantisch, und ich bin diesmal sicher, daß ich ein Werkchen gegeben habe, das mehr Furore machen wird als die populärste Broschüre, und das dennoch den bleibenden Wert einer klassischen Dichtung haben wird...« Heine ist seiner Sache so sicher und zugleich auch so angriffslustig, daß er auf jegliche Vorzensur seines Textes verzichten möchte. Campe jedoch, gewitzt durch zahllose Grabenkämpfe mit der Zensur, möchte so wenig Ärger wie möglich; er empfiehlt seinem Autor, das Manuskript noch einmal zu überarbeiten und zu entschärfen. Heine weigert sich, er erklärt etwas übellaunig, daß er sich nicht mehr von seinem Verleger zu »allzu ängstlicher Zahmheit bereden« lassen möchte.

Schließlich kommt es zu einem Kompromiß: Heine erklärt sich damit einverstanden, daß ein neutraler Dritter, der Journalist François Wille, den Text des *Wintermärchens* »vorzensieren« soll, seinen Streichungsvorschlägen will der Autor, wenn auch unter Protest, folgen. Wille erweist sich als dankbarer Kunde, denn er hat kaum etwas auszusetzen, läßt sich lieber begeistern. An Heine schreibt er: »In mir ist beim Lesen die gleiche göttliche Lust aufgegangen, mit welcher der Genus es gezeugt und empfangen. Der lachende, alle Dummheit und Lüge der Welt spielend überwindende Humor, der selige Übermut des Scherzes und Witzes, die ganze Glückseligkeit der Weltbefreiung durch Kunst und Poesie sind mit den preciösen Versen auch in mir eingezogen. Ich freue mich über Sie, über die Welt, über mich, daß Sie das prächtige Ding gemacht, daß ich es zuerst genossen, und daß es zur Welt gekommen ist.« Willes Begeisterung vermochten die Zensoren, die noch immer ihren undankbaren Job machten und sich noch immer wunderten, daß sie keiner liebhatte, nicht zu teilen; auf sie kam Schwerstarbeit zu. Im September 1844 erschien das *Wintermärchen* zunächst etwas versteckt als Anhang von Heines *Neuen Gedichten*; einen Monat später war Campe mutiger geworden und riskierte eine Sonderausgabe, die, wie erwartet, heftiges Mißfallen auslöste: »Sie atmen wieder solchen revolutionären Geist und Tendenz und sind so gehässig und unverschämt gegen Preußen und unsern erhabenen Monarchen gerichtet, daß mir ein Verbot unerläßlich erscheint«, befand der preußische Gesandte in Hamburg und konnte sich dabei auf ein behördeninternes Gutachten berufen, das Heines Werk geprüft und als unzumutbar für jeden ergebenen Untertanen deklariert hatte: »Es sind in Verse gebrachte, gemeingefährliche Schandreden über den Charakter des deutschen Volkes, die politisch-sozialen Institute Deutschlands und insbesondere die brutalsten Ausfälle auf die geheiligte Person des diesseitigen Staatsoberhaupts.«

Folgerichtig wird das *Wintermärchen* in Preußen verboten und der unglückliche Zensor, der nicht verhindert hatte, daß die erste Auflage zumindest in Hamburg ausgeliefert werden konnte, unter Androhung einer deftigen Geldstrafe abgemahnt. Auch die Literaturkritik tat sich wiederum schwer mit ihrem Heine, der als Autor galt, den man entweder schätzte oder verabscheute. Man beklagte den »alten, wohlbekannten Cynismus«, »liederliche Genialität«, »scandalöse Personalien« und die »rote Ruhmesschminke«, die der Autor »wieder einmal seiner eigenen Person angelegt« habe, mußte jedoch auch widerstrebend zugeben, daß dem Leser »schmetternde Schläge des zündenden Witzes« und »grelle Schlaglichter… das tiefste Dunkel der Zeitnacht auf einen Augenblick blendend erhellen«. – Im Vorwort zum *Wintermärchen* hat Heine eine programmatische Erklärung abgegeben, wie er es mit Deutschen und Franzosen und dem Nationalismus an sich hält – es ist ein Plädoyer für Vaterlandsliebe und Weltbürgertum: »Ich höre schon ihre Bierstimmen: Du lästerst sogar unsere Farben, Verächter des Vaterlands, Freund der Franzosen, denen du den freien Rhein abtreten willst! Beruhigt Euch. Ich werde Eure Farben achten und ehren, wenn sie es verdienen, wenn sie nicht mehr eine müßige oder knechtische Spielerei sind. Pflanzt die schwarz-rot-goldne Fahne auf die Höhe des deutschen Gedankens, macht sie zur Standarte des freien Menschtums, und ich will mein bestes Herzblut für sie hingeben. Beruhigt Euch, ich liebe das Vaterland eben so sehr wie Ihr. Wegen dieser Liebe habe ich dreizehn Lebensjahre im Exil verlebt, und eben wegen dieser Liebe kehre ich wieder zurück ins Exil, vielleicht für immer, jedenfalls ohne zu flennen oder eine schiefmäulige Duldergrimasse zu schneiden. Ich bin der Freund der Franzosen, wie ich der Freund aller Menschen bin, wenn sie vernünftig und gut sind... Ich werde den Rhein nimmermehr den Franzosen abtreten, schon aus dem ganz einfachen Grunde: weil mir der Rhein gehört. Ja, mir gehört er, durch unveräußerliches Geburtsrecht, ich bin des freien Rheins noch weit freierer Sohn, an seinem Ufer stand meine Wiege, und ich sehe gar nicht ein, warum der Rhein irgendeinem anderen gehören soll als den Landeskindern.«

Heine hat in seinem *Wintermärchen* die Enttäuschung über ein Wiedersehen, das persönlich gar nicht mal unerfreulich verlief, in politischer Hinsicht aber nicht gelingen konnte, ins Gegenteil verkehrt. Mit Scherz, Satire, Ironie und tieferer Bedeutung, seinen bewährten Mitteln, verleiht er einer Hoffnung Ausdruck, die für alle, nicht nur für *sein* Deutschland gilt: »Ein neues Lied, ein besseres Lied / O Freunde will ich Euch dichten! / Wir wollen hier auf Erden schon / das Himmelreich errichten. / – Wir wollen auf Erden glücklich sein, / Und wollen nicht mehr darben; / Verschlemmen soll nicht der faule Bauch / Was fleißige Hände erwarben. / – Es wächst hienieden Brot genug / Für alle Menschenkinder ...«

Unterdessen hatte sich Heines *Buch der Lieder* als so erfolgreich erwiesen, daß er sich siebzehn Jahre Zeit lassen konnte, bevor er einen weiteren Lyrikband herausbrachte. Seine *Neuen Gedichte* erscheinen im Herbst 1844 und verkaufen sich zufriedenstellend; schon zwei Monate später muß Campe eine zweite Auflage drucken lassen. Der »neue Frühling«, den Heine in seinen Gedichten beschwört, ist so neu indes nicht, er klingt eher in den Erinnerungen an als in der real existierenden Liebe. Die nämlich verweigert ein dauerhaftes Glück, glaubt Heine, der krank ist und »ein wenig älter geworden«, seine Weltsicht bleibt davon nicht unberührt. Nach wie vor hält er sich zwar an ein Motto der Dichterin Sophie Brentano-Mereau:

»Lebe der Liebe und liebe das Leben!«, aber er argumentiert mittlerweile als Theoretiker, der sich in der Praxis nichts mehr beweisen muß. Wenn es die Liebe nicht gäbe, müßte man sie erfinden: Sie ist eine Himmelsmacht mit Hauptstützpunkt auf Erden; dennoch beglückt sie die Liebenden nur auf Widerruf und gefällt sich darin, im vorläufigen Unglück zu enden – »der Liebe süßes Elend / Und der Liebe bittre Lust«. In der zweiten Abteilung der *Neuen Gedichte*, von Heine schlicht »Verschiedene« genannt, finden sich poetische Grußadressen an Frauen mit klangvollen Namen: Seraphine, Angelique, Diana, Hortense, Clarisse, Yolante hießen sie und, nicht ganz so klangvoll, Marie, Emma, Friedrieke und Katharina. Daß es sich dabei um Gespielinnen Heines gehandelt hat, um Damen gar, die keine Damen waren, haben seine moralisch gefestigten Zeitgenossen vermutet und auf den Autor eingeprügelt: Von »Poesie der Hurerei« sprach man, von »Frivolität und Frevel«, und unterstellte Heine diverse Bordellbesuche, für die man, das immerhin war originell, auch gern die dazugehörigen Adressen genannt bekam. Ihre Erregung hätten sich die Kritiker allerdings ersparen können, denn schon bei nur halbwegs aufmerksamer Lektüre der Gedichte ist festzustellen, daß Heines Frauen eher liebevoll nachgezeichneten Kunstfiguren als realen Vorbildern entsprechen. Ihnen schreibt er zu, was mit den Jahren seine Überzeugung geworden ist: »Keine Verwünschung widersteht der Liebe. Liebe ist ja selber der stärkste Zauber; jede andere Verzauberung muß ihr weichen. Nur gegen eine Gewalt ist sie ohnmächtig. Welche ist das? Es ist nicht das Feuer, nicht das Wasser, nicht die Luft, nicht die Erde mit allen ihren Metallen; es ist die Zeit.« Alles hat seine Zeit, auch die Liebe, von der sich Heine, wohl aus Fürsorgepflicht für wunderbare Illusionen, ein bleibendes Bild zurechtlegte:

»In der Jugend ist die Liebe stürmischer, aber nicht so dauernd wie später, denn der Leib liebt mit, lechzt nach leiblichen Offenbarungen in der Liebe, und leiht der Seele allen Ungestüm seines Blutes, die Überfülle seiner Sehnekraft. – Später, wo diese aufhört, wo das Blut langsamer in den Adern sintert, wo der Leib nicht mehr verliebt ist, liebt die Seele ganz allein, die unsterbliche Seele, und da ihr die Ewigkeit zu Gebote steht, nimmt sie sich Zeit und liebt nicht mehr so stürmisch, aber dauernder, noch abgrundtiefer, noch übermenschlicher ...«

Eine merkwürdige Unruhe ist es, auch eine ungute Vorahnung, die Heine im Sommer 1844 veranlaßt, ein zweites Mal nach Deutschland zu fahren, obwohl ihm zugetragen wird, daß in einigen deutschen Ländern Haftbefehle gegen ihn ausliegen. Diesmal hat er als Verstärkung Mathilde im Schlepptau, die dazu beitragen soll, ihn von den trüben Gedanken abzulenken, mit denen er sich seit einiger Zeit herumschlagen muß. Mathilde aber wird im deutschen Norden noch depressiver als er und kehrt um. Zudem ist Onkel Salomon todkrank und in einer Stimmung, die vorzüglich zu Heines Gesamtbefinden paßt. Als er sich zum wiederholten Mal mit seinem Neffen streitet, wobei es meist um Geld und die Vor- und Nachteile einer staatstragenden Gesinnung geht, versetzt er ihm einen Schlag mit dem Stock. In Hamburg merkt Heine, wie sehr ihm Mathilde fehlt, über die er sich, wenn sie anwesend ist und ihn mit ihren Temperamentsausbrüchen nervt, so schön aufregen kann; auch das ist ja, weiß er, ein untrügliches Zeichen von Liebe. Er malt sich eine letzte große Reise aus, auf der ihn seine Frau begleiten soll. An Mathilde schreibt er: »Ja, mein Engel, ich träume immer nur von Italien, in Gedanken bin ich mit Dir bald in Neapel, bald in Rom, wo ich versuchen werde, dein Porträt von irgendeinem genialen Künstler malen zu lassen, damit dieses schöne Lächeln, dieser anmutige Widerschein Deiner Seele, der manchmal Deine Lippen verklärt, nicht durch die Zerstörungen der Zeit verloren geht. – Nur, wenn Du die Bilder des Raffael siehst, die so wunderbar sind, höre dann nicht auf, Deinen alten Einfaltspinsel und Ehemann zu lieben! – Ich liebe Dich immer, und ich behaupte, daß Dich die Zeit nicht häßlich zu machen vermag – ich werde Dich immer jung und schön sehen… Oh, wie viele gute Eigenschaften finde ich jetzt an Dir. Bei meiner Rückkehr werde ich Dich mehr als je mit Schmeicheleien verblüffen.«

Zurückgekehrt nach Paris geht es Heine besser, aber das hält nicht lange vor. Am 23. Dezember 1844 stirbt Onkel Salomon. Er war schwerkrank, sein Tod abzusehen, und doch ist Heine erschüttert. An seine Schwester Charlotte schreibt er: »Die Feder zittert mir in der Hand: Dazu sind meine Augen wieder in dem schrecklichsten Zustand. Wenn ich nur weinen könnte!… Dieser Mann spielt eine große Rolle in meiner Lebensgeschichte und soll unvergeßlich geschildert werden. Welch ein Herz! Welch ein Kopf!… Ich gäbe meinen letzten Schilling darum, wenn ich ihn nur 5 Jahre oder auch nur 3 Jahre länger hätte behalten können; ja die Hälfte meiner übrigen Lebensjahre würde ich drum geben… Mir sagte er viel Hartes, er hat diesen Sommer mir in der Aufregung sogar einen Schlag mit dem Stock gegeben – ach Gott! – wie gern bekäme ich wieder meine Schläge. Könnte ich nur weinen!«

Heines an sich begründete Hoffnungen, von Onkel Salomons millionenschwerem Erbe ein gut Teil abzubekommen, erfüllen sich nicht, ja er muß sogar eine jahrelange Auseinandersetzung um die Pension führen, die er bislang bekommen hat. Sein Cousin Carl, der als Haupterbe eingesetzt wurde und auch wie ein solcher auftritt, möchte von der getroffenen Vereinbarung nichts mehr wissen; er bietet statt dessen, in herablassendem Tonfall, eine reduzierte, einmalige Zahlung an, die zudem an Bedingungen geknüpft ist. Erst als Heine in einen »Ermattungsfrieden« einwilligt und seinem Cousin zusagt, nichts zu schreiben, was der »Erinnerung an den seligen Vater und Onkel schaden kann«, erhält er die Zusage, daß die Pension, von der Mathilde nach seinem Tod immerhin noch die Hälfte bekommen soll, weiter bezahlt wird. Nach diesem schwer erkämpften Kompromiß ist Heines Vertrauen in die »Familienehre« dahin: »Was ich schreibe, überliefere ich um keinen Preis einer Verwandtenzensur«, resümiert er, »aber ich will gerne meinen Privatgroll schlucken und gar nichts über das Lumpenpack schreiben, das sich alsdann seines obskuren Daseins erfreuen mag und seiner blöden Vergessenheit nach dem Tode sicher sein wird ...«

Heines insgesamt schlechte Verfassung macht sich in seiner Weltsicht bemerkbar, die zunehmend gereizter und desillusionierter wird. Das bekommen auch die Linken zu spüren, mit deren herausragendem Kopf Karl Marx er befreundet ist, was ihn aber nicht daran hindert, den aufkommenden Kommunismus, von dem er seine persönliche Freiheit gefährdet sieht, mit überaus unfreundlichen Worten zu bedenken: »Der unzeitige Triumph der Proletarier wäre ein Unglück für die Menschheit…, indem sie, in ihrem blödsinnigen Gleichheitstaumel, alles was schön und erhaben ist auf dieser Erde, zerstören«, bis es »vielleicht nur« noch »Einen Hirten und Eine Herde« gibt, »ein freier Hirte mit einem eisernen Hirtenstabe und eine gleichgeschorene, gleichblökende Menschenherde…« Wenn der Kommunismus »zur Herrschaft käme«, »die große rohe Masse, welche die einen das Volk, die andern den Pöbel nennen, und deren legitime Souveränität bereits längst proklamiert worden« ist, hätte Heines eigener Berufsstand, die Literaten, am meisten zu leiden: »Der Dichter [empfindet] ein unheimliches Grauen vor dem Regierungsantritt dieses täppischen Souveräns. Die reinliche, sensitive Natur des Dichters sträubt sich gegen jede persönlich nahe Berührung mit dem Volke, und noch mehr schrecken wir zusammen bei dem Gedanken an seine Liebkosungen, vor denen uns Gott bewahre! Ein großer Demokrat sagte einst, er würde, hätte ein König ihm die Hand gedrückt, sogleich seine Hand ins Feuer halten, um sie zu reinigen. Ich möchte in derselben Weise sagen: ich würde meine Hand waschen, wenn mich das souveräne Volk mit einem Händedruck beehrt hätte.«

Heine ist müde und mürbe geworden. Wenn er zurückblickt, sieht er sich als »wandelnden Traumjäger«, der zwar, krankheitsbedingt, nicht mehr wandeln kann, seinen abgelebten Träumen jedoch noch immer einen wesentlichen Beitrag zur Wahrheitsfindung zutraut: »Mein großer Lehrer, der selige Hegel, sagte einst: ›Wenn man die Träume aufgeschrieben hätte, welche die Menschen während einer bestimmten Epoche geträumt haben, so würde einem aus der Lektüre dieser gesammelten Träume ein ganz richtiges Bild vom Geiste jener Periode aufsteigen.«

Heines letzte Jahre sind, vorsichtig gesagt, nicht sehr erfreulich. Die Krankheit schreitet unerbittlich voran, ein Ende ist abzusehen. Zwar gibt er sich, unter größten Mühen, noch immer als Kämpfer und Spaßvogel, aber in Wahrheit geht es ihm erbärmlich: »Ich kann fast gar nichts mehr sehen, und meine Lippen sind so gelähmt, daß mir das Küssen verleidet wird, was noch unentbehrlicher als das Sprechen … Ich kann nicht mehr essen, bin abgemagert, der Druck auf der Brust bringt mich in jedem Augenblick dem Ersticken nah, mein Hintern fragt mich gar nicht mehr um Erlaubnis, was er tun soll – enfin, sehr schlechte Symptome, ich pfeife vielleicht auf dem letzten Loche.«

Dennoch arbeitet er weiter; der Journalist Ernst Kossak berichtet: »Neben seinem Bett liegt ein Päckchen loser Blätter im Oktavformat, und etwa zwanzig zugespitzte Fabersche Bleistifte. Wenn sich Heine aufgelegt und stark genug zum Arbeiten fühlt, beschreibt er die Blätter mit dicken, halbzollgroßen Buchstaben, und wechselt die Bleistifte, wenn sie stumpf geworden sind.« Der todkranke Heine ist erstaunlich produktiv: Er veröffentlicht (unter anderem) den Gedichtband *Romanzero* (1851), der sein lyrisches Vermächtnis wird, ein *Tanzpoem* mit dem Titel *Der Doktor Faust*, das »nebst kuriosen Berichten« Neuigkeiten »über Teufel, Hexen und Dichtkunst« enthält, und müht sich, seine biographischen Aufzeichnungen, die er mit den *Geständnissen* und *Memoiren* begonnen hatte, zu vervollständigen. Daß er überhaupt noch arbeiten kann, ist auch der täglichen Ablenkung geschuldet, für die, nach wie vor, seine Frau sorgt, die mit den Jahren deutlich dicker, aber nicht unbedingt leiser geworden ist: »Meine Frau führt sich sehr gut auf, erheitert mich, so gut es geht, und hat eine so laute Stimme, daß ich kaum mein eigenes Wort in diesem Augenblick höre. Sie hat das ganze Kapital ihrer Ersparnisse, die sie bei mir hatte, 600 Fr., zu einem Kaschemir verwendet; dieser Schawl kleidet sie ganz vortrefflich und gibt ihrem dicken Hintern einen sehr imposanten Anblick.«

Als er gar nicht mehr damit rechnet, wird Heine noch eine andere Liebe vergönnt: Else Krinitz heißt sie, ist an die dreißig Jahre jünger als er und besucht ihn erstmals im Frühjahr 1855. Sie gibt sich als Verehrerin und Kennerin seiner Werke zu erkennen, was Heine nicht nur schmeichelt, sondern auch, so als hätte er nur darauf gewartet, dazu bewegt, sich ein letztes Mal zu verlieben – ein Abschiedsgeschenk für den großen Lebens- und Liebeskünstler, der er immer sein wollte und, in seinen besten Stunden, wohl auch war. »Mouche« (Fliege) nennt er sie, sie ist »die letzte Blume« seines »larmoyanten Herbstes«, sitzt an seinem Bett, liest ihm vor, geht ihm bei seinen letzten und vorletzten Arbeiten zur Hand. »Ich liebe sie mit todkranker, innigster Zärtlichkeit«, bekennt er und weiß, daß er in seinem Zustand nur noch »sentimental« sein kann »wie ein Mops, der zum erstenmale liebt«. Sogar Mathilde, die ihm früher manchen Eifersuchtsanfall hingelegt hat, bei dem auch schon mal Geschirr zu Bruch ging, gönnt ihm diese Liebe, die sich selbst genügt und keine Erfüllung braucht. In seinem Gedicht *Lotosblume* ist Heine auf diese Liebe eingegangen, die bei aller todnahen Zerbrechlichkeit auch etwas traurig Komisches an sich hat: »Wahrhaftig, wir beide bilden / Ein kurioses Paar, / Die Liebste ist schwach auf den Beinen, / Der Liebhaber lahm sogar. / – Sie ist ein leidendes Kätzchen, / Und er ist krank wie ein Hund, / Ich glaube, im Kopf sind beide / Nicht sonderlich gesund. / – Vertraut sind ihre Seelen, / Doch jedem von beiden bleibt fremd / Was bei dem andern befindlich / Wohl zwischen Seel und Hemd. / – Sie sei eine Lotosblume, / Bildet die Liebste sich ein; / Doch er, der blasse Geselle, / Vermeint der Mond zu sein. / – Die Lotosblume erschließet / Ihr Kelchlein im Mondenlicht, / Doch statt des befruchtenden Lebens / Empfängt sie nur ein Gedicht.«

Von den Zeitumständen möchte Heine immer weniger wissen, er hat resigniert. Als die Februarrevolution 1848 König Louis Philippe aus dem Amt treibt und die Republik ausgerufen wird, hält sich seine Begeisterung in Grenzen:

»Die Republik ist nichts weiter als ein Namenswechsel... Wie könnte sich diese korrupte, weichliche Gesellschaft so schnell verwandeln? Geld machen, Ämter erhaschen, vierspännig fahren, eine

Theaterloge besitzen, aus einem Vergnügen ins andere jagen war bisher ihr Ideal. Wo hätten diese Menschen ihren Vorrat von bürgerlichen Tugenden bislang so sorgfältig versteckt?« Als in Paris schließlich »an drei schrecklichen Tagen« (23.–25. Juni 1855) ein Arbeiteraufstand blutig niedergeschlagen wird, kommt das für Heine einer Bankrotterklärung der (göttlichen) Vernunft gleich: »Das ist Universalanarchie, Weltkuddelmuddel, sichtbar gewordener Gotteswahnsinn. Der Alte muß eingesperrt werden, wenn das so weitergeht!«

Mag der alte Gott auch finster und mitleidlos erscheinen, so daß man ihn eigentlich einsperren müßte, gibt es zu ihm doch keine Alternative. Am Ende seines Lebens verabschiedet Heine den »Hegelschen Gott oder vielmehr die Hegelsche Gottlosigkeit«, um sich »an dessen Stelle«, so sein Bekenntnis, wieder »einem wirklichen, persönlichen Gotte, der außerhalb der Natur und des Menschen Gemütes ist«, zuzuwenden. Diese Kehrtwendung, betont er mit deutlichen Worten, sei aus persönlichen Gründen erfolgt und nicht etwa, weil ihn die »Phosphordünste der Glaubenspisse« benebelt hätten oder er durch seine Krankheit »ein Betbruder geworden« wäre: »Das himmlische Heimweh überfiel mich und trieb mich fort durch Wälder und Schluchten, über die schwindligsten Bergpfade der

Dialektik. Auf meinem Weg fand ich den Gott der Pantheisten, aber ich konnte ihn nicht gebrauchen. Dies arme träumerische Wesen ist mit der Welt verwebt und verwachsen, gleichsam in ihr eingekerkert, und gähnt dich an, willenlos und ohnmächtig... Wenn man nun« aber »einen Gott begehrt, der zu helfen vermag – und das ist doch die Hauptsache –, so muß man auch seine Persönlichkeit, seine Außerweltlichkeit und seine heiligen Attribute, die Allgüte, die Allwissenheit, die Allgerechtigkeit annehmen. Die Unsterblichkeit der Seele, unsere Fortdauer nach dem Tode, wird uns dann gleichsam mit dem Kauf gegeben, wie der schöne Markknochen, den der Fleischer, wenn er mit seinen Kunden zufrieden ist, ihnen unentgeltlich in den Korb schiebt.« Heine bittet am Ende seines Lebens einen Gott zu sich, den er sympathisch findet; was andere von diesem Gott hielten, der alle Attribute des Selbstausgedachten hatte, war ihm herzlich egal. Auch den dazugehörigen Himmel, der eine Art Urheberschutz gewährt, stellt er sich als angenehmen Aufenthaltsort vor:

»Die Fortdauer nach dem Tode ist... kein idealer Mummenschanz, wo wir neue Jacken und einen neuen Menschen anziehen... In der anderen Welt... werden sich auch die armen Grönländer behaglich fühlen, die einst, als die dänischen Missionare sie bekehren wollten, an diese die Frage richteten: ob es im christlichen Himmel auch Seehunde gäbe? Auf die verneinende Antwort erwiderten sie betrübt: der christliche Himmel passe alsdann nicht für Grönländer, die nicht ohne Seehunde existieren könnten. – Wie sträubt sich unsere Seele gegen den Gedanken des Aufhörens unserer Persönlichkeit, der ewigen Vernichtung! Der horror vacui, den man der Natur zuschreibt, ist vielmehr dem menschlichen Gemüte angeboren. Sei getrost, teurer Leser, es gibt eine Fortdauer nach dem Tode, und in der anderen Welt werden wir auch unsere Seehunde wiederfinden…«

Heinrich Heine stirbt am 17. Februar 1856 an »tuberkulöser Meningitis« (»Tuberkulose mit Multiorganbeteiligung«). Begraben liegt er auf dem Pariser Friedhof Montmartre.

Vielleicht hat er, von höherer Warte aus, noch mitbekommen, daß seine Beerdigung so erfolgte, wie er es haben wollte: »Ich verordne, daß mein Leichenbegängnis so einfach sei und so wenig kostspielig wie das des geringsten Mannes im Volke. Sterbe ich in Paris, so will ich auf dem Kirchhofe des Montmartre begraben werden, auf keinem andern, denn unter der Bevölkerung des Faubourg Montmartre habe ich mein liebstes Leben gelebt. Obgleich ich der lutherisch-protestantischen Konfession angehöre, so wünsche ich doch in jenem Teil des Kirchhofs beerdigt zu werden, welcher den Bekennern des römisch-katholischen Glaubens angewiesen ist, damit die irdischen Reste meiner Frau, die dieser Religion mit großem Eifer zugetan ist, einst neben den meinigen ruhen können...« Nicht nur um Mathildes letzte Ruhestätte macht sich Heine Gedanken, sie soll sich auch zu Lebzeiten nicht mehr überanstrengen, wenn sie, beispielsweise, sein Grab besucht: »*Gedächtnisfeier* – Keine Messe wird man singen, / Keinen Kadosch wird man sagen, / Nichts gesagt und nichts gesungen / Wird an meinen Sterbetagen. / – Doch vielleicht an solchem Tage, / Wenn das Wetter schön und milde, / Geht spazieren auf Montmartre / Mit Paulinen Frau Mathilde. / – Mit dem Kranz von Immortellen / Kommt sie mir das Grab zu schmükken, / Und sie seufzet: Pauvre homme! / Feuchte Wehmut in den Blicken. / – Leider wohn' ich viel zu hoch, / Und ich habe meiner Süßen / Keinen Stuhl hier anzubieten; / Ach! sie schwankt mit müden Füßen. / – Süßes, dickes Kind, du darfst / Nicht zu Fuß nach Hause gehen; / An dem Barriere-Gitter / Siehst du die Fiaker stehen.«

Trotz aller Vorkehrungen und der Hinwendung zu einem persönlichen Gott, den er sich nach seinem Gusto ausmalte, ist Heine vermutlich dennoch nicht sehr getröstet abgegangen, denn er wußte, daß auch das Leben danach keine Gewähr bietet – der Mensch bleibt, hüben wie drüben, dazu verurteilt, einen Gang ins Ungewisse anzutreten. Mit Blick auf die Totenmasken, die man den Verstorbenen abnahm, um ein Stück Erinnerung an die Lebenden zu haben, schrieb Heine: »Solche Masken verleiden uns die Erinnerung an unsere Lieben! Wir glauben, in diesem Gips sei noch etwas von ihrem Leben erhalten, und was wir darin aufbewahrt haben, ist doch ganz eigentlich der Tod selbst. Regelmäßige schöne Gesichtszüge bekommen hier etwas grauenhaft Starres, Verhöhnendes, Fatales, wodurch sie uns mehr erschrecken als erfreuen. Wahre Karikaturen aber sind die Gipsabgüsse von Gesichtern, deren Reiz mehr von geistiger Art war…, denn sobald die Grazien des Lebens darin erloschen sind, werden die wirklichen Abweichungen von den Schönheitslinien nicht mehr durch geistige Reize ausgeglichen. Gemeinsam ist aber allen diesen Gipsgesichtern ein gewisser rätselhafter Zug, der uns, bei längerer Betrachtung, aufs unleidlichste die Seele durchfröstelt; sie sehen alle aus wie Menschen, die im Begriffe sind, einen schweren Gang zu tun.«

Unter den deutschen Dichtern, von denen er einer der bekanntesten und besten war, gehört Heine zu den Stilisten, den Umgangskünstlern der Sprache, die das Schwerfällige nur vom Hörensagen kennen. Seine Poesie ließ er nicht hinterfragen, ihr Prinzip ist freie Verspieltheit:

»Traum der Sommernacht! Phantastisch / Zwecklos ist mein Lied. Ja, zwecklos / Wie die Liebe, wie das Leben; / Wie der Schöpfer samt der Schöpfung!« Einige seiner Liedzeilen haben sich dem allgemeinen Gedächtnis eingeprägt und sind von dort nicht mehr wegzudenken: »Denk ich an Deutschland in der Nacht«, »Ich weiß nicht, was soll es bedeuten«, »Im wunderschönen Monat Mai« oder »Du bist wie eine Blume«. Er selbst dachte nicht gering von sich: »Was mich aufrecht hält, ist der Stolz der geistigen Obermacht, der mir angeboren ist, und das Bewußtsein, daß kein Mensch in der Welt mit wenigen Federstrichen sich gewaltiger rächen könnte als ich, für alle offene und geheime Unbill, die man mir zufügt.« Mit seinem Witz, seinem Sarkasmus, mit der Lust, sich auch an Gegnern zu reiben, von denen er wußte, daß sie ihm nicht gewachsen waren, machte er sich nicht nur Freunde: »Ich gestehe, ich habe manchen gekratzt, manchen gebissen, und war kein Lamm. Aber glaubt mir, jene gepriesenen Lämmer der Sanftmut würden sich minder frömmig gebärden, besäßen sie die Zähne und die Tatzen des Tigers.«

Daß man über den Dichter Heine geteilter Meinung sein kann, daran hat sich bis heute nichts geändert. Für den Schriftsteller Karl Kraus etwa, den selbsternannten Sicherheitschef der deutschen Sprache, galt Heine als Erfinder des Feuilletonismus, jener Variante journalistischer Ernsthaftigkeit, die ihre Ernsthaftigkeit bestenfalls vortäuscht. Heine habe, so Kraus, »der deutschen Sprache so sehr das Mieder gelockert«, »daß heute alle an ihren Brüsten fingern können«. Und er fügte hinzu: »Wahrlich, der Heinesche Vers ist Operettenlyrik, ... skandierter Journalismus, der den Leser über seine Stimmungen auf dem Laufenden hält ... Heine war ein Moses, der mit dem Stab auf den Felsen der deutschen Sprache schlug. Aber Geschwindigkeit ist keine Hexerei, das Wasser floß nicht aus den Felsen, sondern er hatte es mit der andern Hand herangebracht; und es war Eau de Cologne.« Der Philosoph Friedrich Nietzsche hingegen, der selber mehr Dichter als Denker war, hatte da eine ganz andere Meinung: »Den höchsten Begriff vom Lyriker hat mir Heinrich Heine gegeben. Ich suche umsonst in allen Reichen der Jahrtausende nach einer gleich süßen und leidenschaftlichen Musik. Er besaß jene göttliche Bosheit, ohne die ich mir das Vollkommene nicht zu denken vermag.«

Nicht nur Heines feinabgestimmte Bosheiten –

»der dramatische Dichter, der es versteht, Tränen zu entlocken: Dieses Talent hat auch die kümmerlichste Zwiebel, mit dieser teilt er seinen Ruhm« – bleiben zu rühmen, auch der Realismus, mit dem er den Literaturbetrieb sah: »Die Autoren sterben, und ihre Bücher altern. Es ist ein schlechtes Geschäft, das wir treiben; unsere Schriften, unsere Geisteserwerbnis, verschlechtert sich jedes Jahr, während bei jedem anderen Gewerbe das Kapital sich jährlich verbessert durch Kumulation der Zinsen.« An Heinrich Heine scheiden sich die Geister, das war so und wird sich kaum ändern. Allein die Geschichte seines Nachruhms, dem man in Deutschland unter peinlichsten Verdrehungen und Verrenkungen ein Dichter-Denkmal setzte, das seine Gegner nicht haben oder aber gleich wieder abreißen wollten, gleicht einer Realsatire, zu der selbst Heine, der den Deutschen ja (fast) alles zutraute, nicht mehr viel eingefallen wäre. Er hätte all das wohl gelassen gesehen, gesegnet mit besserem Wissen und doch auch von jener Bescheidenheit angetan, die uns allen, ob wir nun Dichter sein mögen oder nicht, gut zu Gesichte steht, denn das Leben ist, solange es uns keiner seiner Erfinder genauer erklärt, wohl doch nur »ein Pensum zum Abarbeiten« (Schopenhauer): »Ich weiß wirklich nicht, ob ich es verdiene, daß man mir einst mit einem Lorbeerkranze den Sarg verziere«, schrieb Heine. »Die Poesie, wie sehr ich sie auch liebte, war mir immer nur ein heiliges Spielzeug, oder geweihtes Mittel für himmlische Zwecke. Ich habe nie großen Wert gelegt auf Dichter-Ruhm, und ob man meine Lieder preiset oder tadelt, es kümmert mich wenig. Aber ein Schwert sollt ihr mir auf den Sarg legen; denn ich war ein braver Soldat im Befreiungskriege der Menschheit.«

Zeittafel

1797 Harry Heine wird am 13. Dezember als ältester Sohn von Betty (geb. van Geldern) und Samson Heine in Düsseldorf geboren

1803 Beginn der Schulzeit in Düsseldorf: Besuch einer israelitischen Privatschule, der städtischen Grundschule, des Lyzeums und einer privaten Handelsschule

1815 Kaufmännische Lehrzeit in Frankurt/Main

1816 Lehre im Bankhaus seines Onkels Salomon Heine in Hamburg

1817 Unerwiderte Liebe zu Cousine Amalie Heine

1818 Gründung von »Harry Heine & Co« in Hamburg

1819 Beginn des Studiums der Jurisprudenz an der Universität Bonn
Bekanntschaft mit August Wilhelm Schlegel

1820 Studium an der Universität Göttingen
Einsemestriges Studienverbot
Rückkehr nach Hamburg

1821 Studium an der Universität Berlin
Besuch von Hegels *Vorlesungen zur Geschichte der Philosophie*
Bekanntschaft mit Rahel und Karl August von Varnhagen
Veröffentlichung von *Gedichte*

1822 *Briefe aus Berlin* für den *Rheinisch-Westfälischen Anzeiger*

1823 Veröffentlichung von *Tragödien, nebst einem lyrischen Intermezzo*
Rückkehr nach Hamburg
Erholungsurlaub an der Nordsee
Rückkehr nach Göttingen
1824 Erholungsreise durch den Harz
Bekanntschaft mit Johann Wolfgang Goethe
Beginn der Arbeit an *Die Harzreise*
1825 Übertritt zum protestantischen Glauben, Taufe auf den Namen Christian Johann Heinrich
Abschluß des Jurastudiums
Promotion zum Dr. iur.
Reise nach Norderney
1826 Bekanntschaft mit Julius Campe
Veröffentlichung von *Reisebilder, Erster Teil*
1827 Reise nach London
Veröffentlichung von *Reisebilder, Zweiter Teil*
Veröffentlichung von *Das Buch der Lieder*
Umzug nach München
Redakteur bei *Neue allgemeine politische Annalen*
1828 Rückkehr nach Hamburg
Reise nach Italien
Tod des Vaters
1829 Arbeit an *Die Bäder von Lucca* und *Die Stadt Lucca*
1830 Veröffentlichung von *Reisebilder, Dritter Teil*
Kontroverse mit August von Platen
1831 Veröffentlichung von *Reisebilder, Vierter Teil*
Verbot des Buches durch die Zensur
Umzug nach Paris
Korrespondent bei der Augsburger *Allgemeinen Zeitung*
1832 Rätselhafte Rückenmarkserkrankung
Beginn der Auseinandersetzung mit Ludwig Börne

1833 Veröffentlichung von *Französische Zustände*
Arbeit für diverse französische Zeitungen
1834 Bekanntschaft mit Mathilde
Veröffentlichung von *Der Salon, Erster Band*
1835 Veröffentlichung von *Die romantische Schule*
Veröffentlichung von *Zur Geschichte der Religion und Philosophie in Deutschland*
1836 Reise in die Provence
1837 Abschluß eines Verlagsvertrags mit Julius Campe für eine zukünftige Werkausgabe
Ab diesem Jahr regelmäßige Reisen in die Normandie und Bretagne
1840 Veröffentlichung von *Heinrich Heine über Ludwig Börne*
1841 Heirat mit Mathilde
Reise in die französischen Pyrenäen
1843 Veröffentlichung von *Atta Troll*
Reise nach Hamburg
Erneuerung der Vereinbarung über die zukünftige Werkausgabe mit Julius Campe
Beginn der Arbeit an *Deutschland. Ein Wintermärchen*
1844 Veröffentlichung von *Neue Gedichte;* darin enthalten: *Deutschland. Ein Wintermärchen*
Veröffentlichung des Sonderbandes *Deutschland. Ein Wintermärchen*
Verbot des Werks in Preußen
Reise nach Hamburg
Tod des Onkel Salomon
1848 Erkrankung an Rückenmarkschwindsucht. Bis zu seinem Tod ans Bett gefesselt, in der »Matratzengruft«
1851 Veröffentlichung von *Romanzero*
Veröffentlichung von *Der Doktor Faust. Ein Tanzpoem*
Arbeit an den *Geständnissen* und den *Memoiren*

1855 Bekanntschaft mit Else – *Mouche* – Krinitz, Heines letzter Liebe

1856 Heinrich Heine stirbt am 17. Februar an »tuberkulöser Meningitis«
Beerdigung auf dem Friedhof Montmartre in Paris

Personenregister

Johann Wolfgang Goethe

Sein Leben erzählt von
Otto A. Böhmer

Er gilt als Deutschlands größter Dichter: Johann Wolfgang Goethe. Es ist unglaublich viel über ihn geschrieben worden, und je mehr man über ihn geschrieben hat, desto mehr hat sich der Mensch, um den es dabei geht, seinen Bewunderern und Kritikern entzogen. Es scheint, als ob er bis auf den heutigen Tag eine Rolle spielen wollte, die er auch in seinem Leben gerne gegeben hat: sich zu wandeln, zu häuten, unkenntlich zu werden.

In diesem Buch wird das Genie von seinen verschiedenen Seiten gezeigt. Kurz, prägnant und doch reich an Fakten, Zitaten und Anekdoten – Otto A. Böhmer faßt auf unterhaltsame Weise das Wesentliche dieses langen, produktiven Lebens zusammen.

»Ich war nahe dran, ihn griechisch anzureden; da ich aber merkte, daß er deutsch verstand, so erzählte ich ihm auf deutsch: daß die Pflaumen auf dem Wege zwischen Jena und Weimar sehr gut schmeckten. Ich hatte in so manchen langen Winternächten darüber nachgedacht, wie viel Erhabenes und Tiefsinniges ich dem Goethe sagen würde, wenn ich ihn mal sähe. Und als ich ihn endlich sah, sagte ich ihm, daß die sächsischen Pflaumen sehr gut schmeckten. Und Goethe lächelte.«
Heinrich Heine

»Goethe war ein Genie, das die Arbeit, den Fleiß nicht scheute und damit seine Kunst, die bis zum Ende von wahrer Welt-Neugier lebte, auf den höchsten Stand zu erheben vermochte.« *Otto A. Böhmer*

»Ein unverwechselbarer Tonfall. Böhmer schreibt äußerst einfühlsam, kenntnisreich und unterhaltend.«
Carlos Kleiber

Friedrich Schiller

Sein Leben erzählt von

Otto A. Böhmer

Fragt man nach den bekanntesten deutschen Dichtern, dann nennt man ihn gleich nach Goethe; daß Friedrich Schiller in der deutschen Literaturgeschichte so weit nach vorn kam, war indes lange nicht abzusehen. Anders als Goethe, der sich auf sein Glück verlassen konnte, mußte es Schiller zunächst so vorkommen, als werde er vom Schicksal stiefmütterlich behandelt.

Wie Schiller gegen sein Los aufbegehrt und entgegen allen Schwierigkeiten doch zu Weltruhm kommt, das erzählt Otto A. Böhmer kenntnisreich und unterhaltsam, anhand vieler Fakten, Zitate und Anekdoten.

»Schiller wächst, indem man sich mit ihm beschäftigt, vom Fernen ins Nahe.« *Friedrich Dürrenmatt*

»Kein Deutscher ist wie er so ganz Bewegung. Seine Gedanken jagt er zu einem Ziel, seine Betrachtung zu einem Äußersten, Höchsten, seine Gestalten zu einem großen Entschluß, einem großen Abenteuer oder einem großen Untergang. Sein Leben und sein Tod gleicht dem des Fackelläufers, der in sich verzehrt, aber mit brennendem Licht ans Ziel kam, sterbend hinstürzte und so stürzend, so sterbend ein ewiges Sinnbild blieb. Etwas treibt die Deutschen immer wieder zu ihm zurück...« *Hugo von Hofmannsthal*

»Freiheit, Frauen, Freundschaft: Friedrich Schiller steht der Gegenwart näher, als viele glauben.«
Volker Hage/Der Spiegel, Hamburg

Heinrich Heine im Diogenes Verlag

»Den höchsten Begriff vom Lyriker hat mir Heine gegeben. Ich suche umsonst in allen Reichen der Jahrtausende nach einer gleich süßen und leidenschaftlichen Musik. Er besaß jene göttliche Bosheit, ohne die ich mir das Vollkommene nicht zu denken vermag.«
Friedrich Nietzsche

»Unter den großen Spöttern der Menschheit, den lachenden Kämpfern gegen die Anti-Humanen, von Aristophanes bis Mark Twain, ist Heine der Aktuellste.« *Hermann Kesten*

»Heinrich Heine, einer der anmutigsten, freiesten, kühnsten und künstlerischsten Geister, die Deutschland je hervorgebracht hat.« *Thomas Mann*

Reisebilder
Mit einem Nachwort von
Hiltrud Häntzschel

Gedichte
Ausgewählt und eingeleitet von
Ludwig Marcuse

Deutschland
Ein Wintermärchen
Geschrieben im Januar 1844

Außerdem lieferbar:
Ludwig Marcuse
Heinrich Heine
Melancholiker, Streiter in Marx, Epikureer

Heinrich Heine
Sein Leben erzählt von
Otto A. Böhmer

Ludwig Marcuse
Heinrich Heine

Melancholiker, Streiter in Marx, Epikureer

»Der dreißigste Januar 1933, an dem der Führer außerdem noch Reichskanzler wurde, dramatisierte nachträglich die Jahre, die ihm vorausgingen. Ich hatte mir nie überlegt, was ich tun würde, wenn ich etwas tun müßte – sondern schrieb ein ›Heine‹-Buch, in dem ich sehr scharf die Position des geliebten Dichters zwischen Hugenberg, Roter Fahne und Goebbels beschrieb; auch seine Situation zwischen Romantik und Aktivismus; er wuchs mir deshalb so ans Herz, weil er mich und meine Freunde schon ausgesprochen hatte, bevor wir auf der Welt waren.«
Ludwig Marcuse in ›Mein zwanzigstes Jahrhundert‹

»Heinrich Heine, einer der anmutigsten, freiesten, kühnsten und künstlerischsten Geister, die Deutschland je hervorgebracht hat, hätte als Sohn jedes anderen Landes längst sein Denkmal. Daß wir es ihm verweigern, muß in der Welt finstere Vorstellungen von unserem Gemütszustand wecken.« *Thomas Mann*

»Ludwig Marcuses *Heinrich Heine. Melancholiker, Streiter in Marx, Epikureer* ist unter der Hand auch so etwas wie ein Selbstporträt Ludwig Marcuses – und es ist diese Subjektivität, die seine Biographien davor bewahrt, von der Forschung ›überholt‹ zu werden oder zu ›veralten‹.«
Helmut Petzold / Bayerischer Rundfunk, München

»Die Standardbiographie des Ausnahmephilosophen über den Ausnahmedichter.«
Buchhändler heute, Düsseldorf